甜鹹酸梅

向明著

三民叢刊 70

三民書局印行

寫在《甜鹹酸梅》之前

向明

《甜鹹酸梅》是我從事文學工作半生以來，第一本正式的散文集。來得真是夠遲，不過卻也有如晚年得子的喜悅。

我本來是學寫詩的，在詩的汪洋中浮沉了四十多年，出版過六本詩集和一本詩話集，總以為詩已足夠表達我的所思所想，所寄所託，從來沒有刻意再為散文下過功夫，偶而隨意或應命所寫的一些零散篇章，都認為沒有什麼重要而任其散失，發表過的也沒有專門積存，是以當有機會可以印出這本集子時，還真慌了一陣子，好不容易翻箱倒櫃的尋找，有的還特意跑到圖書館的存檔期刊中去複印，結果竟也有這麼多篇可以湊成一本集子，可以說這是我從事詩學之餘的另一意外收穫。

有人說文章乃經國的大業，看得無比的重要。而我寫下的這些篇章，卻沒有一篇會具有那麼大的價值，反而都是一些瑣瑣碎碎無關宏旨的個人情懷，私下喟嘆；無非是為自己走過的這許多歲月留下一些可尋的軌跡；記下一些曾經遭遇發生的事情，供自己回味，與同路者共鳴。

收在這裡面有一篇短文，是為某一年的母親節而寫的，題為〈媽媽的甜鹹酸梅〉。記述幼時母親為顧及家裡面結實壘壘的酸梅，棄之可惜，而用糖鹽分別漬成甜鹹梅子。母親把糖漬梅子分給我們兒女享用，而無人問津的鹹酸梅子留給自己為終年困擾的牙疾貼住牙齦止痛。此種心酸的情景雖已超過半個世紀以上，卻無時不在心中暗暗嚙咬發痛，因此，當書編成之時，我就拿「甜鹹酸梅」四字來作為書名，以作為對母愛的一種永恆紀念。

這本書能夠出版，特別要感謝三民書局的董事長劉振強先生和編輯先生們，他們為建立《三民叢刊》崇高的學術性和文學性，廣徵天下英才的著作，已為廣大的知識界所敬佩，不才如我也能容忍忝列，實在是此生最大的光榮。

目錄

第二輯

第一輯

找尾巴的熊

最近讀到英國名童話作家米爾恩（A. A. Milne）的一篇童話故事，名字叫做〈尾巴失而復得記〉。大意是說一隻灰毛驢在森林裏正感到不自在的時候，一隻熊打身邊經過問牠那裏不舒服。毛驢說牠也不曉得到底那裏不舒服，祇是感到渾身有點不對勁。熊便繞着毛驢看了一圈，發現原來毛驢的尾巴不在了。毛驢起先還不相信，趴開兩腿低頭一瞧，果然屁股上空無一物。於是熊自告奮勇幫牠去找尾巴。牠知道森林中的貓頭鷹是萬事通，就跑到百畝林中去找貓頭鷹，貓頭鷹建議貼告示出去懸賞找尋。熊不會寫告示，貓頭鷹拉牠到門外去看請人代寫的一張會客須知，熊卻看到那張會客須知上方的一根拉門鈴的繩子非常眼熟，好像在那裏見過。於是就問貓頭鷹那裏找來這麼一根別致的繩子，貓頭鷹說是牠在森林中一株灌木枝子上發現的，看到沒有人要，便拿了回來當拉鈴繩。熊說灰毛驢要找的就是這根繩子。於是把毛驢的尾巴帶了回去，安在毛驢屁股上。這個故事是給孩子們看的，寓意也不過是說一隻大意的灰毛驢連尾巴掉了都不知道，幸虧有那隻熱心的熊幫牠設法找了回來。如此而已，看不出什麼其他高深的道理。

我們人類據說以前也是有尾巴的，不過經過一再的進化適應，早已經沒有灰毛驢那種失去尾巴便渾身不對勁的感覺了。人之異於禽獸大概這也是一種區別。不過有時候看起來，人還是需要有條尾巴。有條尾巴的好處也許還不止一眼眼。至少在有必要向人求告時，還有條尾巴可搖，不至於勞動一張貧嘴或一支禿筆。因爲有時候想要巴結逢迎時，眞還不是一張嘴或一支筆所可道出於萬一。所謂「言有盡，而意無窮」，那裏頂得上尾巴一撅，尾巴一甩，或者頻頻搖動時來得「言簡意賅」。我看過一本雜誌上的異想天開兒童漫畫徵選，題目是「如果人有了一條尾巴」。孩子們的想像力豐富，有張畫畫的是一個孩子兩手在伏案抄書，另外多出一條尾巴也夾着一支筆在寫字。旁邊的加註是「如果有尾巴，我就可以趕功課」，這幅畫雖是兒童的信手塗鴉，卻畫外有話，不知主管教育的人看了如何。另外一張畫畫的是一個媽媽用尾巴拴住一個哇哇大哭的孩子，旁邊一行字是「我不要人長尾巴，因爲媽媽會用尾巴把我拴住」，這是那幾張漫畫中惟一表示恐懼有尾巴的孩子。想起來這個孩子也眞是有頭腦，尾巴會成爲一種拘束人的工具。舉一反三，人類眞的如果仍有尾巴，像那些專門控制人的暴君獨裁者之流，就不用再費其他心機和手段了。祇要把人的尾巴一逮住，或者人串人的拴起來，那還有你的生路？

人類的尾巴雖然已經退化了好幾千年，但有些地方的人仍然以爲自已有條尾巴。他們惟恐會把尾巴傷害到，所以時時設防，處處小心。歐美的人就有這種心理。最實際的例子就是他們把門上安裝一具開關門用的緩衝器。他們教導孩子不許把門砰然的帶關或丟手就不管，一定要慢慢輕輕的合攏。我們比人家開化得早些，我們總是心滿意足的說有五千年的文化歷史，所以我們連心理上的那條尾巴都沒有了。我們開關門總是肆無忌憚，不要說不會管那條看不見的尾巴，連後面跟進的人都會視而不見，門一推開便不管後來的人會碰得鼻青眼腫。如果你住現在公寓的房子，而且房子是背靠背的一大片，你就會聽到一種始終不斷，此起彼落，前後呼應，絕對在別的地方聽不到的獨特的響聲，那就是由於我們因爲沒有尾巴的顧慮所造成的音響效果。所以我說人如果有條尾巴的好處絕對不止一眼眼，試想如果你進得門來還沒有等尾巴完全跟進，就隨手把門猛然帶關，或任其自然砰然一聲砸了回去，你那條尾巴豈會不痛得你心膽俱裂？痛過一次之後，你還會那麼魯莽的關門嗎？到那時我們就會耳根清淨了。這是因爲有尾巴而帶來的淸淨呵！祇是我們到那裏去找米爾恩童話中那隻熱心於找尋尾巴的熊呢？

臉

本世紀初的德國大詩人李爾克是一個觀察入微的詩人，他在那本有名的《馬爾特手記》裏，曾經對人的一張臉有著如下的描述。他說：「世界上，有無數的人羣，但更無數的是面孔，因爲每個人有好幾個。有些人好些年祇帶一個面孔，那面孔逐漸舊損，積垢，開裂，起皺，鬆大有如旅行時戴過的手套。他們從來不換面孔，也不清洗。他們想，一個面孔就夠了。」

「但有的人卻以驚人的速度在換面孔。他們一個個試用，立刻把它們用壞。他們以爲總歸夠用的。那知道剛到四十歲就已經用到最後一個了。不用說，他們沒有習慣愼用面孔。最後一張八天以後就用壞了，有的地方起破洞，薄得像紙。然後，襯裏也露出來，變爲『無面孔』，他們也就把它戴著外出。」

李爾克的《馬爾特手記》是在巴黎寫的。這是他從過去的單純生活到一個古老而又躍動的大城，所發現的世相的對比。他把執著和善變兩種人性寫活了。

面孔或臉是人的門面。由於人的兩隻眼睛不是生在腳上，而是長在臉上，所以人看人時，總是先從最近的地方看起，眼睛懶得往下移，更不願往深裏看，於是臉在人身上形成了最重要的部位；人們總以爲祇要臉上好看，便代表了一切，以貌取人，便由此而生。故而人一直非常重視臉蛋。君不見麼？人早上起床一定要洗臉，雖然最髒的地方絕對不是臉，祇因爲臉總是打頭陣要給人看，所以先把它弄乾淨。雖然脖子離臉祇不過幾吋的距離，耳朵後方更是與臉比鄰，但大多數的人也把那裏視爲邊陲之地，毛巾難得光顧。當你滿頭汗水示人時，關心的人總是要你去抹一把臉，絕對不會說去抹一把脖子，或擦乾一下頭髮，雖然那些地方也是身體的一部份，雖然那裏的汗流得比臉上還兇。

說起來你不會相信，人除了美食、花衣之外，身體的各部位以臉花的錢最多，而且有直線上昇的趨勢。這你可以從百貨公司進門那聲勢浩大的衆多化粧品攤位上看得出來。你會說那不過祇是爲女人的臉蛋而設，怎麼以偏概全。那你就孤陋寡聞了，現在的男性化粧品比女性的還講究、還多，價錢比女人用的還貴，擺設的地方與女性的分庭抗禮。

也就是由於人把自己的臉看得如此重要，所以人最怕「丟臉」、「失面子」。丟臉和失面子已經與丟人成了同位詞，都是在解釋人什麼虧都可以吃，什麼氣都可以受，絕對不能在場面上讓人看低、看扁，看得不值錢，看成差人一等；寧肯「打腫臉充胖子」，寧肯背地裏「不要臉」，也要在面子上扳回一城。所以他必須多準備幾副面孔。李爾克所說的有些人以驚人的速度在換面孔，怕丟臉也是部分原因。現在我們獨有的這個丟臉的名詞，也已經輸出給外國人了，他們也懂得說「lose face」。

臉不但是可以一個個的換，它還可以像其他物品一樣的予取予求、可大可小。我們最常聽到的所謂「請你賞個臉」、「給你臉，你不要臉」，以及「面子不夠大」、「天大的面子」、「死要面子活受罪」等，都可證明此說並非子虛。不但如此，臉還可以如手帕、衞生紙，以及如李爾克所說的破手套樣一把塞入口袋中，這種場面，以戲裏面見到的多。但是戲是反映人生的，當然一定會有所本，衹是我們很難看到這種狼狽得連臉也不要的情節。頂多聽到人家吼吼，或者在筆底下嚷嚷，把臉「抹下來」怎麼樣、怎麼樣，但那又是另外一種情境。此外，臉確實也很脆弱，有時還會和精緻的磁器或玻璃器皿差不多。我們不是常常聽到這樣一首歌麼？「某年某月的某一天，就像一張破碎的臉」。當然這張臉並不是眞正的破碎了。因爲眞正的破碎了，破得像陽光慈善基金會幫助的那些對象，恐怕這些人會唱不出來了。不過似乎又並非所有的臉都那麼容易破，因爲還有些人的臉「比城牆還厚」，更有些人

「捧了人家的屁股當臉」，簡直臭不可當。

察言觀色，是一句我們常常自我警惕和勸人小心的話。色者臉色也。蓋人的臉是一座最靈光的氣象台，任何陰晴雨靄，甚至晴時多雲偶陣雨這種複雜難捉摸的天氣都可觀察得出來。據一本「觀人術」的書上說，人臉上眼睛中的「瞳孔」，更是最不「保密」的所在，人的情緒變化，隨時會「坦白」出來，絕不「強顏歡笑」。相士之流也就是抓住了人的這些弱點，而推斷出幾分可信之處。

但是話雖如此，人世間卻仍多的是面孔上不露聲色，儘在心裏面作事的人。十九世紀英國名詩人雪萊有一位長得眉清目秀，貌似潘安，且看來絕對忠厚老實的摯友。雪萊事無巨細都相信他，甚至事忙時把他的女友也托付給這位老友照顧。但是這位他最親信的摯友卻背地裏打他女友的主意，甚至企圖破壞她的貞操。雪萊曉得以後，氣得頭發昏、身打顫，終於冒出了兩句寒心的話：「霍格（摯友的名字），他的臉有時我凝望許久，我竟幻想著世界可以由於凝望他的臉而得到改良。」誰知，他卻看走了眼。確實，我們時常會把許多希望托付給一張張聖潔得如嬰兒的臉，但往往到了利害關頭，一時之間就變成了一張張巫婆的臉，讓你吃虧得連皺眉都來不及。

我的一位新來的上司透露了一段他揣摩出來的觀人術。他說當你在一個公司裏幹到你的老闆突然見到你會滿臉堆笑、面呈一團和氣，甚至不大派給你工作做時，就是你該自己捲舖蓋走路的時候了。因爲他已從臉上遞給你信號，不是你已能力不行，便是你已沒有利用價值。如果你認爲他在對你示好，那就大錯特錯。這時你識相點遞上辭呈，他說不定會欣賞你的察言觀色，而多賞你一點走路費。否則讓他拿出另外一套臉色來給你看，那你才會面子上掛不住。

一般而言，男人討人喜歡的，除了一張英俊瀟灑的潘安之貌外，娃娃臉也是頂受人重視的一張面孔。因爲一副稚嫩的臉蛋，總讓人想起純眞無邪、青春氣息等種種好處來。一個機關裏衹要有那麼一張臉，一般要露臉、要擺門面的事兒，總少不了他一份。他常常會成爲男同事中的寵兒、女同事中的偶像、老闆眼中的幹員、大家眼中的紅人。但衹有一方面他可能會耽誤。譬如他不幸碰到的是一位印象主義的上司，總是把他這張娃娃臉當年輕的標示看，有了昇遷的機會時，會先考慮別人，說他還有時間可以等。筆者一位朋友就是這樣一個例子，憑他的才幹年資早在十年前就該昇上科長或副處長的職位了，但他生就了一副比他年齡至少小十歲的娃娃臉，每當機關裏空出一個上缺時，他老是被比了下來，因爲他在他的主管印象裏，他還小，將來還有的是機會。結果直到我的這位朋友一怒之下遞上了辭呈時，他的主管才發現實際他確已老大不小。他那張娃娃臉騙了他的主管，也誤了他的前程。

世間的鏡子都是爲臉而設的。而鏡子的發明據說則是由於遠古時的人到水邊去，無意中發現了水中映照的自己的尊容而起意。人類也多虧有了鏡子的發明，不然永遠沒有辦法知道自己的臉到底長成怎樣一副德行。因爲任何第三者的口頭描述和筆底下的形容，都抵不過往鏡子前面一照，那麼瞭然於心。所以鏡子應該算是臉的最不說謊的諍友。但而今世間偏多的是哈哈鏡或蒙塵的鏡子，往往把臉的眞實面目扭曲、誇張，或模糊不清，造成世間越來越多連自己眞實面貌都搞不淸的人，連綿不斷的混亂莫不由此而生，不能不說這是當今之世的大不幸。

從一條狗洗澡談起

前兩天早上上班的時候，踏上交通車突然發現車子最後的座位間，拴著一條白白肥肥的大狗。對於這位車上前所未見的稀客，同事們一個個都投以好奇的目光。狗主人是我們公司的一位工友，他輕鬆的拍著狗背脊對我們說，他帶狗到公司的大厨房去洗熱水澡。我們聽了之後直覺的覺得這個人心地眞好。有人還說：「小家庭嗎，那裏來的那麼多熱水。這麼大冷天把狗牽到公司的熱水爐旁去洗個熱水澡，實在是個好方法。」正在我們爲那條狗暗自慶幸有一位好心的主人時，旁邊一位同事冷笑著說：「見鬼！洗熱水澡。你們連這都不懂，他是準備殺狗。」此語一出。同事們的心都一子沉了下去，大家將信將疑的看著這位工友。工友見大家目光集中了他，這才承認要不了幾小時之後，這條狗就會成了桌上的佳餚。他還說這條狗已經養了兩年了。人家問他自己養的狗，怎麼忍得下心殺了吃。他理直氣壯的回答說，就是爲了要吃牠才養牠。言外之意是當初的目的如此，那裏還培養得出感情。

但是此時那條臨死的狗，卻一點也揣摩不出主人的狠心，仍在搖首擺尾的圍著牠的主人打轉。祇見牠有時舐舐主人的手，有時故意往主人身旁擠，有時還伸出爪子去抓主人的衣服，一副討主人歡心的樣子。把我們這些爲牠這條狗命躭心的旁觀者，看得心裏更是不忍。有位女同事想阻止這件悲劇的發生，但是勸了幾句，那位工友卻無動於衷。最後她竟天眞的想出些錢把那條狗買下帶回家去。那位冷笑的同事又說話了。他說妳想出錢買，如果價碼合適，也許狗主人會肯，但是狗卻沒那麼容易順從。你看過那條狗會像有些人那樣薄情寡義？狗你養他、育他，敎忠敎孝了他幾十年，看到你倒楣時，就見風轉舵，拍拍屁股掉頭而去？狗們是卽使你再窮、再潦倒，甚至死了躺在棺材裏，他也會守著你。這才是牠們狗的德性。所以卽使有錢也買不回那條狗命。大家聽了之後，只有一陣唏歔，愛莫能助。好在開車之後，車子七彎八轉，沿路另有引人注意的新鮮事，爲狗躭的心也就慢慢淡下去了。

事實上，上面說的這段狗的悲劇，比起現在滿街四野到處高挑著水缸廣告的「香肉」舖子，眞是算不得什麼，祇是因爲這是親眼所見，就不免大驚小怪了，那裏知道每個香肉舖子的背後都有一段比這更悽慘的狗的心酸史，大家眼不見心不煩而已。但是有一點令人不解的是，我們不是有一個什麼保護動物的組織嗎？他們曾轟轟烈烈的爲一些虐待動物的事例呼籲過，有幾位女仕先生還特別爲過境慘遭獵捕的候鳥，採取過一些實際的行動。現在一條條狗命不保，他們卻噤若寒蟬，避不吭聲，未免太厚此薄彼。使人懷疑是不是狗命太賤，或者香肉太香，吃了大家忘了爲狗請命。

根據動物研究專家的報告，狗這種動物似乎天生注定就是一個悲劇的化身。首先牠們竟然也是一種羣居動物，而作爲一種羣居動物就必須有部屬服從首領的特性。非常不幸的是，狗竟把比牠們聰明殘忍的人視爲首領。據說這是因爲從前狗被大型食肉動物追得走投無路時，只好向人親近，養成吃人剩下的骨頭，只有聽人擺佈的惡果。狗的悲劇的第二個遠因是，雖然人類常常最憎恨狗眼看人，事實上在狗的五官中，眼睛最不靈光，牠目盲五色，除非在明亮有光的地方，狗的視覺根本不起作用。狗以嗅覺最發達，比人類的鼻子敏銳一百萬倍。其次是聽覺，比之人類大了十六倍。偏偏是人要狗命時，多半是不聲不響，而且會來一陣甜言蜜語。就像前面所說的洗熱水澡一樣。殺狗的人是不會像納粹黨人殺猶太人一樣，使用毒氣的，他們還怕毒死了自己，倒是先施美食作餌，抽冷子劈頭致命一棒有之。因之空有了最發達的嗅覺和敏銳的聽覺。而屠狗者之流的面露凶色，偏偏在狗眼中又黑白不分，紅藍莫辨。如此的種種天生弱點，而自己又無法設防，如果時運不對，投靠非人，就難免向人的五臟廟報到了。

說起來這又是外國月亮比中國圓的一個該死的例子了。狗在我們看不起的歐美國家是非常幸運的。他們的人身體比我們強，用不著每年冬令進補。他們的味覺比我們遲鈍，吃不出狗肉的香味。他們反而把狗當人看待，君不見西洋寵物店的那個規模，恐怕我們的一家二流百貨公司，還沒有那麼一應俱全。超級市場裏的猫狗罐頭與嬰兒食物同樣各有一個特設的部門。其製造之講究，營養之調理，羨煞好多落後地區掙扎在饑餓邊沿的人。如果萬一有狗流落街頭，他們有設備完善的收容所，靜等人們去認領。據報載在六十年代以性感小猫著稱的法國影星碧姬巴鐸，現在變成了野狗病狗收容所的主人。這在我們那些愛屠狗者之流的眼中，簡直是一件不可思議的蠢事。以碧女士當年那種大膽作風，現在如果改行賣香肉，從我們這裏運兩個塑膠水缸到巴黎街頭去掛起來，管保又一次造成轟動。而她偏偏連這個錢都不會賺，偏偏要與野狗病狗爲伍。我認爲我們的孔孟學會眞該頒給她一個人道獎，因爲她眞正把〈禮運大同篇〉內的那段「鰥寡孤獨廢疾者皆有所養」的精神，發揮到澤被衆生。

寫到這裏不覺夜之既深，東方之泛白，鷄已在爲牠們的那個年作最後的嗚謝。縱然到處都是不利的香肉廣告，狗年仍舊昂首而入。俗話有云：「猫來窮，狗來富。」但願狗年的來臨會使我們不景氣的經濟，帶來復甦的新氣象。當然絕對不能靠香肉輸出。阿門！

吃「鴿鬆」記

大約二十多年前吧，筆者一位美國同學到臺灣來遊歷。在臺的幾個中國同學爲盡地主之誼，大家湊份子在一家餐館宴請他們夫婦，請外國人嘛！菜式總想新鮮一點，其中我們點了一道「鴿鬆」。來一道菜，我們介紹一道菜。當鴿鬆上來時，我們也同樣解說了一遍。誰知那位同學太太聽了吃驚的問：「把鴿子的肉弄成肉鬆嗎？」我們說是。她仍大惑不解的望著那一大盤粉絲拌肉屑的東西不敢下箸，還好我們一位同學腦筋靈光。趕快解釋說這種鴿子是菜鴿，不是天上飛的那種傳信鴿。她才如釋重負的舀了一勺鴿鬆包在生菜葉裏送入口中。

外國人很少吃鴿子。不但少吃而且把鴿子看得很神聖。《韋氏大字典》裏鴿子一字解釋中有一條寫的是「鴿子乃聖靈與和平的象徵」。原來根據《舊約聖經》〈創世紀〉裏說，上帝造人以後，發現人越生越多，就慢慢忘了上帝，什麼喪德敗行的事都做了出來。上帝大怒，決心把世上的一切毀滅，重新改造。祇留了祂認爲是個好人的挪亞一家，要他們造一隻方舟，準備一年的糧食，將世上生物每一種類帶上一對或七對進入方舟，準備逃過洪水之難。挪亞準備好一切，大雨果然便一連下了四十個晝夜，挪亞的方舟在漫天大水裏泡了一百五十天。之後挪亞開了方舟的窗戶，放一隻烏鴉出去試探，烏鴉飛來飛去找不到一塊乾地方落腳，又過了七天，挪亞再把鴿子從方舟放出去，到了晚上，鴿子回來了，嘴裏叨了一枝新擰下來的橄欖枝子。挪亞大喜，知道地上的水在退了。此後又過了幾天等地上的水乾了，挪亞全家連同他所帶的各種生物走出方舟，重新開始在新世界上繁衍綿延。所以在基督教的世界裏鴿子是個會帶來喜訊的和平天使。現在我們居然把和平天使變成了盤中珍肴，怪不得那位洋同學的保守美國南方太太會大吃一驚。不過究竟這是二十多年以前的事了，自從越戰以後，洋人來東方的每天不知凡幾，遍地皆是中國餐館，他們現在不但敢吃鴿鬆，而且也吃油淋乳鴿，生炒鴿片，以及其他多種光怪陸離的吃鴿子方法。再也不管牠是不是和平天使，大概他們也曉得現在高喊和平的人，對吃鴿子已經沒有興趣。他們吃的是挪亞子孫的血，子孫的肉。只是吃的方法更高明，藉口更動聽，到餐館吃吃鴿子已經不算罪過，何況味道確是不同，又是專門養來吃的菜鴿。

除了〈創世紀〉裏面的傳說外，究實說起來鴿子應該算是人類之友的。從遠古時代起，人們便已開始利用鴿子特有的識路尋家能力傳遞書信，大約在基督紀元前幾個世紀，希臘人便曉得利用傳書鴿。早年奧林匹克競技會上的選手得勝消息，即是利用鴿子傳返選手的家鄉。人類打仗，鴿子便一直充當最可靠的傳令兵。普法戰爭時，巴黎被圍，法軍便用軍鴿與城外連絡。德國人也厲害，訓練了許多大老鷹，專門去截殺法軍的傳書鴿。據說在美國首都華盛頓的史密生博物館裏，陳列得有一隻鴿子標本，是二次世界大戰時的鴿子英雄。牠曾經帶著一封軍情火急的求援文件，飛過敵人重重火網，滿身負傷達成任務。最可貴的是這隻鴿子是那一籠軍鴿中的最後一隻，前面放出去的無不一一被地面砲火射落。牠大概也是曉得自身的使命重大。所以奮不顧身，拚死命也要把信傳到，要不是牠，那一連被圍的軍隊命運可想而知。在法國的里耳設有一座紀念碑，也是爲了紀念二次世界大戰兩萬隻陣亡的鴿子英靈。英國軍方甚至還有一種獎章，專門頒給那些有特殊貢獻的鴿子。不要以爲現在的通信技術發達，又是人造衛星，又是海底電纜，可是有些地方還非利用鴿子通信不可。美國的傘兵部隊至今仍在背上揹有小鴿籠，以備降落敵後時輔助通信之用，文章寫到此處，眞是無巧不成書，手邊的報紙上有一則消息說，本省新近開發的工業區普遍發生電話荒，區內廠商困擾萬分。有的廠家竟以飛鴿傳信方式，與外界保持最起碼的連絡。

賽鴿是一種流行已久的玩藝。沉迷此道的人不少，本省尤其風行。一隻鴿子究竟離家多遠還能飛回來呢？據說有一隻鴿子從法國北部的阿拉斯飛到了中南半島的西貢，途程七千二百哩。美國紐約有一位鴿主，有一次把一隻信鴿賣給了南美洲的一位船長，這位船長把牠帶到了三千哩以外的委內瑞拉。結果這隻鴿子逃走了，回到了紐約長島的原住鴿子籠，科學家們至今仍搞不清楚鴿子怎麼會有這麼好的記性和耐力。他們推測可能是這種鳥類善於利用日月星辰，風向和辨認路標等方法來完成牠們的長途飛行。我不是科學家，以上這些有關鴿子的種種也是從看閒書中一鱗半爪而獲得，不過我想套句目前最流行的口氣來推論，大概鴿子也是具有和人一樣不忘根本的本性，所以無論離家多遠，最後總是要回到老家才死心。

最近有關鴿子的消息眞是不少，除了前述本省南部某工業區以信鴿傳書方式來解決電話荒外，埃及總統沙達特自大衛營返回國內後，首先是爲其廿一歲的獨子完婚。婚禮上有一隻七層的蛋糕，蛋糕上立著一隻白鴿，象徵和平。可見埃及人渴望和平的程度，可是中東的問題太複雜了，離鴿子叨來橄欖枝的傳報佳音恐怕還有一大段艱苦的路程。有關鴿子的另一重大新聞就是一位立法委員指出，臺灣的奢靡浪費十分嚴重，每天要吃掉兩萬隻鴿子。另一則根據這個新聞發展的統計消息指出，本省一年吃下肚的約四百萬隻鴿子中，其中約兩百萬隻是賽鴿用的名種鴿子。有那麼一批人專門在設下天羅地網攔捕飛行中的賽鴿，賣給菜館中，年收入達數百萬。而那些捕下來的名鴿一隻就値萬金。所以閣下你我那一天到餐館中去吃鴿鬆或油淋乳鴿時，不要認爲菜館的訂價太高，因爲你吃到那一隻有二分之一的機會是一隻血統高貴，價值數萬的名種鴿子，就像昨天某報所載一位吃客在某餐館吃油淋乳鴿時，腳爪上繫著的號碼環都沒有除去，那你我不是大賺了一筆。不過要吃還得趕快，有人正在打主意大量飼養體大肉肥的菜鴿，到時吃鴿子比吃肉鷄還便宜。有錢的人，講究吃的人，說不定去吃孔雀或吃鳳凰去了，那時候吃鴿子還有什麼意思呢？

談死

一般而言，死是不能談的。先哲有言：「未知生，焉知死。」所以討論死似乎有點自不量力。不過現今而言，生已不算是什麼奧秘了，要製造一個生命已經非常容易。即算不由母體出生，人工繁殖，體外受精，試管嬰兒都不是什麼稀罕的事。再追溯到生的最始生之處，那些所謂精蟲、卵子之類，亦早已列入生物課程，婦孺皆曉。所以對於生雖說尚不能完全百分之百的深知，但較之死那一個誰都探究不到的黑洞，可說已經知得足夠詳盡。死在《辭海》或《辭源》中的解釋最簡單，「謂人物失其生命也。」英文《韋氏大字典》的解釋也只有一句話：「死乃人及動植物生命之永久終結。」生的過程既長又繁複，而死簡單得祇有那麼一兩秒鐘。生就像是一篇文章，可長篇累牘的讀下去，而死是文章最末的那一個休止的句點，再看就是一片空白。科學家、生物學家、醫學專家可以對生的道理來源說出長篇大論，甚至佐以精彩的生之過程的圖片，由一粒精蟲到一個活生生的生命，無不可以拿出事實來給人看。唯有對於死，則除了那一個再也動不了的身軀之外，再說下去就只有宗教家、哲學家，甚至等而下之的巫師之流去作玄而又玄的各種揣測推想了。可見卽使把生瞭解得再多，也幫不了對死理解的忙。

對死的瞭解雖然如此茫然。人類各方都在進步，惟獨對死如此的沒有學問，但在今天，死神卻亦步亦趨的逼得貼近。你不知那天、那時、那分，說不定下一秒鐘就會碰到他。他以各種面貌、形態、方式出現在你的面前。你在吃飯時，他會是你菜蔬中的農藥，魚蝦中的硼砂、炒菜的沙拉油，盛飯的塑膠碗。你在路上走時，他會是一輛迎面而來，斜刺衝出，甚或連撞帶輾的福特或發財，野狼或野馬，他還可能是一根從空而降的鋼筋，一塊橫飛而來的磚石，可能你在床上睡得正好夢連床，他會戴著蒙面罩，甚或就坦蕩蕩的到了你的面前，祇要你稍不聽話，馬上你會被迫到生的隔壁死的那邊去，其間的距離還不到一張薄紙。不要認爲你昨天還在生龍活虎的逛西門町，吃鐵板燒，今天只要你感到那裏不舒服，經醫生一檢查，八成不知何時死神早就在你胸中肚內安了定時炸彈，這還是遭遇最好的一面，祇要小心還可避開的一面。世界上還有幾處死神猖狂得像龍捲風一樣的地方，碰到了逃也逃不掉。一死就不止一個兩個，十個八個，而是一羣羣，成千上萬，前兩個月電視上報導，高棉境內某育幼院附近發現的一個萬人塚，一堆堆數不清的頭骨、腿骨、胸骨，看得使人頭髮直豎。那種致人於死的方法，很容易使人想在「死有重於泰山，輕於鴻毛」這句話的後面，再加上「賤如螻蟻」四個字。在承平時代，那麼多個人，要死多久才死得完呵！而新聞又說，在越、高地區，這種萬人塚到處皆是。據說在過去卅多年間，大陸上被整死的人近一億。這個數目大概應該是世界紀錄了，卽使拿歷史上有名的尼羅王、黃巢來比，也得瞠乎其後，可見死神是越來越蠻橫、跋扈。

人沒有不怕死的，螻蟻尚且偷生，何況人？而且卽使高明透識如大文豪哲士之流也免不了在字裏行間透露出對死的恐懼。一九七八年的諾貝爾文學獎得主以撒辛格在自傳中就說：「晚上臨睡前，我常常想，今夜一定就長眠不起了。每次去店裏買刮鬍刀片時，店員問我要兩片或五片，我總是說兩片就好，因爲我怕用不上。」以撒辛格是波蘭籍的猶太人。波蘭從古到今就是一個屢被獨裁者蹂躪瓜分的國家，猶太人更是一個悲劇的民族，悲上加悲，就難怪他常懷長眠不起的打算了。對死看得最眞切，也最能道出死與人的關係的，當推本世紀初德國詩人里爾克。在他的《形象詩集》中的一首詩就曾寫出：

「死是偉大的
雖然我們嘴角掛著笑

卻是死的同族
當我們以爲正在生活的中心時
而死卻毫不容赦的
已在我們內部開始哭泣。」

今天我們拿這首詩來看這個世界，不得不佩服詩人的眼光總是比別人看得遠那麼幾尺。在里爾克的作品中，死可說是他經常表現的主題。在他的《時間之書》中，計有〈固有的死〉、〈獨自的死〉、〈卑微的死〉、〈偉大的死〉等多種。在《神話》一書中他寫有〈死的童話〉。在《馬爾他手記》中有〈老侍從之死〉。在他的書簡集中且有寫給「L：H」專談死的信。而他的晚年的兩大作品《杜依諾悲歌》和《給奧費烏絲的十四行詩》中，也探究了生與死的雙重國度。最具戲劇性的是，里爾克自己的死也很特別，他是爲一位女友來訪，去摘一朵薔薇時，不幸被薔薇刺傷左手，引發出血性的白血症而醫藥罔效，回天乏術的。眞是應驗了他那一句「一棵樹如果開了花，在那裏和『生之花』同樣地方開著有『死之花』」的讖語。

當然人都是免不了一死，即使彭祖活到了八百歲，到頭來還是會兩腿一伸而去。不過死如果也有所謂價值觀的話，與其莫名其妙的毒死，神不知鬼不覺的撞死、打死，集體的坑死、整死，死得那麼卑微無奈，眞是應該爲「固有的死」、「自然而死」或「偉大的死」而戰鬥一番，我想我們今天孜孜不倦在努力的，也不過是爲這一目的吧？

信筆寫鬼

七月是鬼月，搖筆桿的人被指定要寫一篇有關鬼的文章。我自忖是個從未見過鬼的人，硬要寫鬼，寫出來可能鬼都不會相信。可是要稿的人說沒關係，鬼不相信的，人才會信有其眞，逼得我在這裏祇有鬼話幾句。

我說從來沒有見過鬼，不知鬼到底是個甚麼樣子，可能與我一生從事的職業有關係。我當了一輩子的軍人，幾乎近四十年的時間沒有脫過老虎皮。據說鬼最怕穿軍服的人，人一穿上二尺半，有鬼也不敢近身，因爲所謂鬼者卽是陰氣森森見不得天日的人物，遇到軍人那種陽剛的浩然正氣，祇有退避三舍的份。我現在雖然已經解甲歸田，還是習慣的把那頂舊軍帽長年掛在家裏進門口的衣帽架上，就像有些人家掛在門口用來避邪的八卦，邪魔鬼怪看到是個當兵出身的，沒有什麼好纏，懶得和我搭理，所以我這一輩子至今從沒有與鬼打交道的經驗。

我雖然沒有見過鬼，可是對鬼仍然懼怕三分，這是小時候看《聊齋誌異》和《今古奇觀》這類鬼故事中的毒。所以行事總是特別謹慎，凡事讓人三分，有時甚至遭人摑了左臉，還把右臉伸了出去，惟恐遭鬼惹鬼，弄得鬼禍上身。記得從前當小孩子的時候，住在深院大宅裏，每天最感爲難的就是上厠所，因爲到厠所去要經過屋旁邊的柴房，而柴房裏有兩具棺材停在那裏，那是家裏爲祖父母百年之後準備的壽材，漆得油光發亮的，裏面空無一物。可是明知如此，心裏仍然毛骨悚然，就怕霹靂一聲，棺材裏伸出一隻手來，把我拖了進去。白天上厠所還好，由於柴房附近有人出入，會硬着頭皮衝進跑出。到了晚上，屎尿逼得再急，也不敢上厠所，惟恐如《聊齋》裏面所描述的，茅厠坑裏會有一隻手，遞上一張擦屁股紙，祇好學女人樣蹲馬桶解決，想來都覺死沒出息。

小時候，也從家人口中知道有很多鬼隨時在四週出沒。譬如「落水鬼」就經常傳說在河塘間出現。祇要有人游水滅頂，就會說是落水鬼在找替身。有人還繪聲繪影的說他在游水時有人踹他的腳，把他往水裏面拖。這樣一來嚇得小孩子都不敢往河塘裏去玩水。尤其那些被算命的說是犯水厄的人，如在下我者，更是被父母盯得緊。我想我至今是個旱鴨子與早年被落水鬼嚇怕不無關係。還有一種鬼，我們湖南土話做「叉路子神」，爲走夜路的人所最忌。

據說夜行者遇到這種鬼，整夜都在原地轉圈子，不到天亮走不回去。

記憶中，我有一次應該是見鬼的，可是由於沒有把鬼放在心上，緣慳一面。那是在抗戰末期，湘桂大撤退的時候，我當流亡學生逃難，每天夜以繼日的行走，走累了，隨便倒在那裏就睡上一陣。那天到了獨山附近的都勻，實在疲憊得走路也在打盹，就找了處街邊挨着別人睡在一起。那一覺睡得平生沒有過的香甜。好不容易，被人哄鬧醒來，側身一看，原來睡在一旁的，竟是一具不知在何時歸天的女屍，當時嚇得幾乎暈了過去。現在想想，要是眞的有鬼，我那樣男女授受不親的隨便與她睡在一起，那女鬼豈會與我干休。要是我若已知那裏躺着的是一個斷了氣的人，卽使再累，已沒有勇氣與她睡在一起。可見有沒有鬼還是存乎一心，祇有疑心才會生暗鬼，對一個坦無城府的人，鬼是不會存在的。

誰能把一個鬼的面貌完全形容出來呢？《聊齋誌異》裏的鬼幾乎全部與人無異，因爲那裏面的鬼多半都是人間的寃魂。平劇裏面把鬼的形態大抵都定型化了，除了黑白無常鬼戴個尖頂的高帽子外，其他的雜鬼都是散髮遮面，兩手長袖拖地，迤迤而行。倒是鬼的習性，卻從各方面有了顯明的勾畫；譬如鬼一定比人高明，你看世間的「鬼才」多被器重。鬼的造化能力也比人強，誰能比得上「鬼斧神功」？鬼也一定工於心計、神秘詭詐、「鬼計多端」嗎？凡鬼一定有三寸不爛之舌，舌燦蓮花的本領，不然爲什麼叫「鬼話連篇」呢？鬼的腳力也很好，不然不會那麼靈活的「神出鬼沒」。還有與鬼打交道一定很難，大概比時下某些機關的公務員更會打太極拳，不會比都市裏的小流氓好到那裏去的刁鑽古怪，否則怎麼會有人說「閻王好見，小鬼難纏」？總之，鬼的習性是很厲害的。不然大家不會「敬鬼神而遠之」。

然而現在的情勢有了改變。人比鬼的份量變得越來越輕，與鬼接近的人越來越吃香。人可以辦到的事情，沒有誰相信，鬼明明無能爲力的事，大家卻深信之。住房子本來採光良好，空氣流通即很適合，有人偏要看過風水才敢去住。我有一位親戚生了一個先天性心臟病的女兒，自認晦氣，請人來看風水，說是大門開得不對，硬是把大門封掉，在厨房旁邊另打一道小門出入，每日在矮窄下低頭，簷道中擠身，要多不方便就有多不方便。至於有病找乩童，驅鬼找道士。取名算筆劃，搬家看時辰，更是時下的風尙。大概再也沒有一個時代的人會像現在一樣對自己失去信心，對鬼偏生好感。

寫了這麼多，句句都理直氣壯，看起來還滿像個自外於「不信蒼生信鬼神」的獨行者，其實私底下，我也常常與環境妥協，爲了想見故人，也曾請過碟仙；爲保平安，每年鬼節，不忘燒些紙錢，賄賂孤魂野鬼。因爲本人深信這是個人鬼雜處的世界，爲了和平共存，有時也不得不敦親睦隣。

枕頭的種種

這些年來，渾渾噩噩的過日子，使我養成每天午飯後一定要午睡一場的積習。如果那一天就誤了這場午睡，下午那半天準會渾身不對勁，就像老烟槍沒有過足癮那麼難受，作起事情來自然是有氣無力。養成這種毛病的最大原因，當然是工作太安定了，每天定時上班，定時開午飯，午飯過後規定就是休息時間。這時據說血液都集中到了五臟廟，頭腦成了失血狀態，自然而然就會想閉上眼睛睡上片刻。這一睡就睡成定規了。最起先我還祇是趴在桌上打盹，後來一位同事退休，把一張他不要的躺椅給了我。有了躺椅可以擺平而躺，造成進一步的舒適，更是非睡不可。祇是遺憾的是，睡了這麼多年的午睡，那張舊躺椅都睡得變了形，頭卻一直就枕在躺椅那根有棱有角的橫木槓上，從來就沒有墊過一點東西緩衝一下。

你說難道你就從來沒有想到過要把頭枕得舒服點的麼？事實上是，從一開始接收了那張躺椅，我就想到過頭枕在那麼硬梆梆的木頭上的滋味。當時就曾決定等回家時要妻給我縫個小枕頭。妻的女紅素來做得快，祇要我一開口，可以說隨時就可得到一個軟綿綿、鬆蓬蓬，頭一枕上去就舒服得安然入睡的香香枕。但是我這個人有個致命的「忘」性，幾乎是一回家，就把辦公室的事情忘得一乾二淨。同樣的，一到了辦公室再也記不得家裡的事情。於是雖然我每天都睡午覺，每一躺下躺椅，頭一接近那根硬木頭上，就會想到有個枕頭的必要；但是一到第二天，仍是兩手空空到了辦公室。這樣每天隨記，回家隨忘，日子一混就好多年，頭枕有棱有角的硬木頭依然如故。

不過午睡究竟祇是小睡，有沒有枕頭實在不值一談。倒是記憶中我有兩件不平常的枕枕頭經驗。抗戰時，我獨自一人從湖南老家一路往貴州逃難。不要說什麼舖蓋枕頭，連衣服也沒兩件。至今想來，究竟是什麼體力熬過那麼多的風餐露宿都成了謎。記得有一段路，已經走了幾天幾晚了，那天深夜到了一處比較安全的地方，連馬路旁都睡滿了人。我也找一處地方擠了下去，頭就枕在別人枕頭上。那一覺睡得眞是香甜。第二天被人哄鬧醒來，原來旁邊與我共枕而眠的是一個不知已在何時歸天的女屍。嚇得我拔腿飛跑，好久好久心裡都不得平靜。後來到了貴陽，進入南廠兵營當學生。兵營裡夏天的跳蚤多得令人吃不消。白天時牠們從綁腿縫裡鑽了進去，在綁腿裡面咬，癢得我們直跳腳。夜晚時更是猖獗，使人通宵不得安寧。後來我們跑到是飯廳也是教室的屋裡去，光着身子仰天就睡在窄得不敢亂動的長板凳上，頭上枕的是一堆課本。原以爲板凳高，跳蚤跳不上來，三更有夢書當枕，可以睡個安寧覺。誰知仍然被咬，因爲頭上枕的那堆課本裡也藏得有跳蚤。於是以後我們乾脆連枕頭也不要便睡覺。

人的一生至少有三分之一的時間是在床上度過的，也就是有三分之一的時間得與枕頭爲伍。除了枕過書，與死人共過枕以外，我還枕過和見過一些其他的枕頭。我們湖南老家的枕頭是四方形的藍棉布長枕頭，祇有兩頭是用黑緞，上面繡些花。裡面灌得紮紮實實的是谷殼或稻草，睡在上面轉一下頭都會沙沙有聲。長沙會戰，毛姑一家從城裡搬到鄉下我們家來住，姑丈是上海藝專畢業，生活比我們開通，他們擺在床上的是一對蓬蓬鬆鬆的白洋布扁枕頭，上面繡得有英文「祝君早安」的蟹形字，裡面塡的是鴨絨，使我們那些鄉下佬大開眼界。有一天，我趁毛姑不在偸偸到她的枕頭上去枕了一下，軟綿綿的感到好舒服。不像我們家那種老枕頭，脖子總像懸在空中。後來我們家的堂哥娶媳婦也改用了這種扁枕頭，不過他們在枕頭上繡的是「鸞鳳和鳴」、「花開並蒂」這些吉祥話。

我在西北住了好幾年。我看到過有人枕從瓦窰裡燒出來的方形陶枕，上面上了釉，還繪有花飾，那種硬碰硬的枕頭，想來睡一晚起來定會脖子僵硬，但他們枕慣了的，也沒見有什麼異樣。前幾年去金門參觀有名的陶瓷工廠，看到了好些個光溜溜的大瓷娃娃斜躺在那裡展覽，好奇的問了一下，原來那也是枕頭，看樣子，還是仿古傳下來的。大概十七、八年前，臺北市的信義路與新生南路口，有一家新開的藥枕店，廣告做得很大，藥枕的種類也很多，好像每種會治一種病，我那時天天鬧胃痛，好想買一個可以治胃病的藥枕碰碰運氣，路過時看了幾次，問問價錢很貴，怕得不償失，沒有買它。後來那爿店從全間改爲半間，不久連半個店面也沒有了。大概是藥枕的效果沒有預期的大，生意做不開。

現在想起來，從前當光桿住大寢室時，那些個同事們的枕頭才眞是形形色色，五花八門。記得寫得一手好隸書的老王，枕的根本就是一塊方方正正的大海棉，上面覆上一方軍用毛巾當枕頭布，那上面集存的頭油頭垢，少說也有一公分厚。阿旺的枕頭是當年從老家帶出來的一塊包袱皮，裡面包了一件他母親親手縫製的大棉襖。他說得好，睡在這樣的一個枕頭上，就如仍然躺在老母的臂彎裡。小輝用的是他女友親手製作的一對粉紅繡花枕頭，他像寶貝似的白天搬出來擺在床上，晚上捧起來吻一下收進櫃子，頭上枕的卻是一包舊報紙。金大個一直枕一個尼龍條編的涼枕，由於使用過久，負荷過重，鐵絲骨架已經壓得變了形。有一年忽然流行起來吹氣枕頭，我們寢室好幾個人都去買了一個，剛用時確實非常好，又軟又有彈性，但用久了卻一個個漏氣，而且也無法長久的膨脹，最後都成了廢物。

有一段時期我的枕頭一直不敢見人。那時我的牙齒非常不好，不是這裡發炎，就是那裡出血，晚上常常在枕頭上留下一灘灘血漬，好像剛經過一番紅刀子進白刀子出的搏鬪，令人觸目驚心。後來發現害的是牙周病，換上全口假牙，才算一勞永逸的解決，從此枕頭上少了此項汚穢。但枕頭究竟是一種與人有肌膚之親的工具，若要永遠保持清潔溜溜是不可能的。年輕時的頭垢自是不可避免的汚染。現在年紀大了，毋需再以油頭粉面示人，但頻頻的掉頭髮，一覺起來，滿枕狼藉，煞似一場戰爭下來，遍野棄置的戈矛，卻也令人寒心。好在到了這種年齡，什麼也就不太計較了。何況還有個勤洗濯、愛整理的老伴，這些枕邊瑣事也就由她去全權處理，我樂得個輕鬆。

舊襪子

在我家主臥室的床頭櫃下，有一隻大抽屜，裏面裝滿了各色各樣的襪子。每天早上，除了內人外，全家人差不多都要光臨這個抽屜一次。老大、老二選走了她們的短統白襪，老三取走了他的長統運動襪，而我則一年到頭都是輪流穿那幾隻最顯眼的黑襪子。然後到了晚上，妻又把洗好折好的一堆襪子送到抽屜裏去。

由於我家經常必須穿襪子的人有這麼四口之多，而且有三口都是在學的學生，所以襪子的消耗量非常大。妻總是一買就十多隻。這還不包括我的在內，因爲我穿的是軍襪，有公家定時補給。

雖然我們家的襪子從來沒有缺過，但是仍然常常發生襪子風波。從前三個孩子都還在讀國中國小的時候，早上起床時常都要發生一場襪子爭奪戰，搶的當然是那兩隻比較新的襪子。這個時候多半是老二佔上風，因爲她起床比較早，老三總是輸，他愛睡懶覺，不挨到時間不起床，當然就祇能搶剩下的。這個時候老三總是嚷嚷要買新襪子。雖然買來新襪子之後，要不了幾天新的變舊，他又祇能撿最舊的穿。現在三個孩子中的老大、老二都上了高中，她們已經不再和仍在讀國中，穿長統襪的弟弟搶襪子穿。但是她們姊妹間仍然免不了有襪子紛爭。老大比較野，經過她腳上穿過的襪子，過不了兩天就變黃。偏偏她又生就一副什麼都不在乎的脾氣，拿到什麼就穿什麼。這樣常常就把那個與她個性完全相反的妹妹氣得暴跳如雷，爲的是姐姐老是把舊襪子留給她穿。

由於現在做的襪子特別結實，穿久了雖然顏色變得舊一點，卻很難穿到前面出腳芽後面露後跟的地步。那些孩子們不愛再穿的襪子就給了我們很多麻煩。那隻專放襪子的抽屜就經常襪滿爲患。有時候妻就不得不設法處理掉一些。她的處理方法很絕，總是把家裏的拖把找來，把上面那個夾拖帚的活動夾子扳開，將舊襪子一雙雙的搭了上去，然後再把夾子扳緊，醮上水當拖帚拖起地來。開始好幾次，我都爲妻這種暴殄天物的舉措非常不滿。明明好好的襪子怎麼可以拿來拖地。妻說就是這種我不滿意的方法都是她挖空心思想出來。要不一雙雙往垃圾桶丟那才看來不忍心。至少這還作到了最大的利用。我說難道就不能留下來送給收破爛的？她說不要說你這些舊襪子，就是舊衣服人家都拒絕收呢。她提醒我不要忘記儲藏室還有兩大袋衣服送不出去。

有一次我看到電視廣告上推銷一種清潔衣領的藥水。忽然心血來潮，我要妻不妨也買些這樣的漂白劑來漂洗那些日漸增多的舊襪子。還它本來面目之後，說不定孩子們便不會拒穿了。我這一建議妻也認爲可行。第二天她就去買了些漂白粉來化水，漂洗舊襪子。果然那些黃黑的舊襪子經過一番洗禮之後顏色白淨了許多。我滿以爲這下可以改善我們家舊襪子的出路了。誰知孩子們仍然是興趣淡淡，還是三天兩頭有人吵着要買新襪子穿。他們還找了很多理由來抗拒。老三說這種穿過了的襪子，襪統已經沒有鬆緊性，容易垮下來。老二說顏色仍然不夠白，看起來就是舊襪子。老大說的最輕鬆，她認爲現在襪子這麼便宜，誰還動腦筋去舊襪新穿。她們同學都是經常穿新襪子。

由於時常看到家裏買襪子，而且太多的舊襪子處置起來有如鷄肋之難。我不免就常常把自己從前做小孩子時候難得有襪子穿的情形說出來。我說，從前爸爸小的時候，不要說穿襪子，有雙鞋子穿也就算不錯的了。如果有機會穿襪子，那一定是家裏有什麼大喜事，或逢年過節。而且那個時候的襪子都是用純棉紗織成，一點也不經穿。所以每雙襪子買來之後，一定要先加工一番，才能上腳。孩子們聽到襪子買來還要加工，就像聽星際新聞樣的覺得聞所未聞。我就告訴他們所謂加工，就是在新襪子底上再縫上一層結實的襪底。這種襪底是用幾層厚布疊在一起，剪成腳掌大小，然後用粗線在上面一行行的密密縫起來。這種上了底的襪子穿起來就不容易破。往往這麼一雙襪子要穿好幾年，甚至哥哥穿不下了，還要移交給弟弟。反正一年也穿不了幾次。

我還告訴了他們在這種當時所謂「洋襪子」還沒有普遍時興前，我所見到過的眞正國產襪子。那種襪子完全是用布片拼起來，用手工縫成。襪底也就是前面所說到的那種厚襪底。穿上這種襪子之後，由於襪統很大，無收束性，必須用帶子紮起來。冬天的時候，襪統乾脆塞進褲腳管，帶子紮在褲管外面，旣保暖又行動俐落。他們的曾祖父一直就是穿的這種襪子。我的這些陳年舊事說完，孩子們初聽一兩次還感新鮮，後來日久愛聽不聽了。不過總算也讓他們知道了一些從前人過的生活是如何的艱苦和如何懂得惜物。

現在我們家的舊襪子仍然在景氣的增加，當然仍然不時得添製新襪子。妻還是用她那個老方法，隔些日子就拿些再也沒人穿的舊襪子發揮它最後的獨特功用。我仍是有時會嘮叨兩句。這種情況可能還得維持一段時間，一直到孩子們一個個都羽毛豐滿，自立門戶。然後他們又感到有責任告誡他們自己的孩子。祇是我不知道他們能爲他們的孩子說些什麼。他們成長在這麼一個富足的承平時代，吃的穿的從來也沒眞正短少過。

一箱子舊信

卅八年剛來臺灣不久時，我們這些外鄉人差不多都有一個小小的奢望，那就是去買一隻本地產的樟木箱，他們說臺灣地處亞熱帶，蟲豸非常多，貴重的衣物一定要用樟木箱儲放才安全。因爲樟木的氣味很濃，可以防蟲，就像放了樟腦丸。

人就是這樣，在大家都一窩蜂的情況下，今天你一隻樟木箱往宿舍裏提，過不了兩天他又帶回一隻往床底下塞，如果誰要不跟進，就會顯得自己太沒出息。我們中國人什麼都可以，唯獨不能讓人看作沒出息。於是我也想方設計積了些錢去買一隻樟木箱。天知道我那時有什麼貴重衣物可放，破舊的行囊中唯一値錢的就是那套羅斯福呢軍裝。而這套寶貝衣服隨時都要穿出去亮相。

當然這都是很久以前的事了。但是現在想來眞還幸虧當時我買了那隻樟木箱，因爲我雖沒有貴重的衣物可存，卻因此讓我存下了許多珍貴的信件，使那些代表親情和友誼的文字，沒有因多次遷徙而散失，更由於箱子的防蟲防潮，使那些信件的紙質仍然完整如新。

而今每隔一段時間，我就要把這隻風塵滿面，鎖扣銹損的樟木箱拿出來，把那些舊信一封封的打開，讓自已靜靜的，暖暖的徜徉在那雖已陳年卻仍芬芳馥郁的親情和友情中。

舊信中最讓我視爲至寶的就是那一束十多封的家書。那些信都是父親在民國卅六、七年時從故鄉湖南寫給我的。那時我正輾轉征戰於西北和西南，行址一直不定。很多信都是轉了好幾個地方，費了好幾個月才到達我的手中。

父親的來信有時是由他自己執筆，有時則由五叔代寫。他的信總是寫得那麼隨和親切，娓娓感人。一律都是用毛筆書在寬大的信箋上，端莊嚴肅中洋溢著一種懍然不可搖撼的天地至情。每次讀信，看到父親那一筆流暢自如的行體字，讀到信中那些溫馨可親的叮嚀，淚眼中就恍如看到他那高大魁梧的身影和微帶笑意的慈祥面容，我幾乎好像可以隨手觸摸得到那襲他常年穿著的藍布長衫。五叔和父親是堂兄弟，但我從來沒有看到過那家堂兄弟親密有如五叔和父親。因之我亦隨之多得到一份關心和寵愛。父親忙不過來時，給我的信就由五叔執筆。五叔的字是兼收顏柳兩家所長而變體，瀟洒中更顯風骨，自小卽是我臨摹模倣的對象。

父親來信那兩年正是大陸上瀕臨浩刼的前夕。父親和五叔都在家鄉各自主持一家大生意。每次他來信總要略略道及動亂中的生意如何難做，物價如何波動的情形。爲了讓我對家鄉有更深一層的瞭解，在來信中總不忘附上一份長沙出版的《商情報導》。那是一份祇有現在報紙半版大小的小報。一面全是物價，另一面則是經濟新聞和短論。我現在手邊的這份是民國卅七年七月四日那天發行的。這上面沒有半點戰爭的消息，但卻比戰訊更嚇人。各種物價上面的漲落標幟全是三角形。惟一的一條社會新聞是〈不堪忍受高物價，衢州老婦懸樑死〉，看後令人觸目驚心。

來臺灣後就再沒有和家鄉通過信。這一束家書也就成了來自家鄉的最後消息。杜甫在〈春望〉一詩中說：「烽火連三月，家書抵萬金」。而我擁有的這些四十多年前的家書，又豈是任何有價的東西所可估量。

除了家書外，樟木箱中當然以師長同學朋友的來信爲最多，保存得最久的一封同學的來信，發信時間是在卅八年四月廿七日，那時我正因負傷獨自一人留在四面楚歌的西安城中西北大學附屬醫院接骨療傷。信是由同學陳靜懷兄在將我送上飛西安的飛機後，返回漢中的駐地立即寫給我的。一張紅經白緯的大表報紙上，密密麻麻的道盡了他對我的關懷叮嚀和祝福。那時和談業已破裂，戰爭隨時可以波及關中，他說他無法照顧在遠方的我，要我和陪我而去的宋大哥隨時商量應變。他則在漢中極力設法將我轉往重慶醫治。這封信他是在四月廿五日就寫好了的。但遲至廿七日才寄，爲此他在信的背面附了一段說：「此信寫了兩天，因手中無錢發信，故遲至今天才寄。」結尾又說：「我們今天發了六萬多元，不夠三角銀元。」他這封信寄的是航空。信封上有「軍人家書」的圓戳，郵資是一千五百元金圓劵。三天後我在西安收到，記得那時西安城內已無駐軍，城外的西北大學校本部已開始鬧事，而我的斷腿仍在接合手術中，眞是急得欲哭無淚。最後我是穿著石膏褲，躺在板車上拉出西安城，搭上最後一班飛機離開西安的。

戰亂的年代，人們自身都難保，那裏還有餘力去關心別人。而同學陳兄在那種我最需要關心的時刻，給我慰安鼓勵和照顧，這種患難中的眞情眞是令人永難忘懷。所以我一直保留著這封信。陳同學已在五年前因癌症過世，我們一直情同手足。只是他始終不知道我還留有這麼一封貴重的信。

來到臺灣以後，我開始學著寫詩，生活圈子慢慢擴大，詩壇朋友相互切磋的通信也多了起來。因之我保留了不少詩人朋友的信。這其中以已故前輩詩人覃子豪先生的信最多。覃先生是我就讀中華文藝函授學校詩歌班的老師，也是藍星詩社創辦人之一。他的來信中句句都充滿鼓勵的語氣，字字都含醞著對詩的熱情。每次他有什麼新的計劃，一定會在信中提及，一方面徵詢我的意見，最主要的還是要我多寫詩。現在我重讀這些信，除了更加敬佩覃先生當年詩的活力外。還發現這卅多封信無疑是撰寫藍星發展史的最好資料。

早年寫詩朋友中，與我最接近走得最勤的是現在在洛杉磯的楚風，名畫評家袁德星——楚戈，和楚風的夫人女詩人鄭林。那時我住在臺灣最北端的富貴角；楚風時而高雄，時而東勢，時而臺北；德星則先在士林，繼而調到林口。鄭林則從新竹女中畢業後到師大讀書。楚風和德星是當年做兵時的密友，早就親如兄弟。鄭林和楚風鬧戀愛戀得如膠似漆。他們之間的喜怒哀樂總忘不了要來信讓我分享。有時還得充當仲裁和勸慰的角色。最妙的是德星和我當時幾乎時常在臺北見面，但他總不忘在過年時自己畫張賀年片寄我。所以我現在除了保有他們三人近四十封的來信外，還有好幾張德星自畫的賀年片。德星的畫現在每張動輒上萬，他這些早年的作品當更值錢。

我的詩友中，眞正由詩的相互傾慕而結交，然後書信往來的當屬沉寂已久的詩人阮囊。記得是在民國四十八年七月出版的第八期《藍星詩頁》上，阮囊突然寫了一首〈葉子戲〉贈我，並說是讀了我在藍星七期的〈不等式〉和重讀他自己的〈漿菓〉有感而作。詩中有幾句是這樣寫的：「我們是兩個點，兩個冷靜的點／常常，你抛一個抛物線過來，我又把它抛回去。」「今天我終於把那條抛物線修正成半徑／你是圓心時，我圍著你旋轉／我是圓心時，你圍著我旋轉。」確實以後這兩點終於聯成了線，我們通了很多信，狂熱的討論了很多詩的問題。而且我稍後還寫了一首〈今天的故事〉贈他。現在每次翻閱舊信，只要讀到阮囊那幾封熱騰騰的信和那些充滿睿智的詩，我就會感到我們的詩壇少了阮囊，就像一堆熊熊的烈火中少掉那一抹看似冷寒卻最熾熱的藍光。

由於阮囊的相識，跟著管管也和我通起信來。管管的信都是寫在一些長條的薄紙上，加上他那筆「管」體字，和管氏特有的散文，是我這些舊信中最具個性的一札信函。管管給我的第一封信是民國四十八年十月卅日寄自宜蘭。後來他調到金門去了，我卻去了新大陸。管管把金門的野菊花摘了三朵放在信中飄過太平洋寄到異國我的手中。那時我獨在異鄉，想臺灣想得要命。三朵野菊，眞給了我不少慰安。而今那三朵乾枯的野菊仍完好的壓在信中。但它所發出的友情的芬芳卻永不會消失。

早年寫詩朋友中，我所熟悉的多是北部的一些人。南部詩友雖也心儀，卻難得相識。所以通信也幾乎沒有，唯一曾經給我信的，只有瘂弦和張默聯袂寫給我的有關《六十年代詩選》選詩的信。這封信是瘂弦執筆，用的是左營軍中電臺的稿紙，時間是在四十九年六月十八日。信中大意是說《六十年代詩選》因篇幅所限，故未將我選入，但仍在向書局爭取擴大篇幅中，一俟有成，請速寄稿。信寫得非常客氣，令我非常不好意思。記得當即回了一信向他們道謝。並寄了兩首詩給《創世紀》發表。

我很有存舊東西的習慣，尤其一些我認爲有價值的東西，更是緊存不放，老妻爲此常常大傷腦筋。所以樟木箱中所有這些信可以說都是因習慣使然而存下來的。但是其中有兩封卻是我的習慣再加信主人的囑咐。這兩封信是詩人一夫兄在四十八年十月接獲我的第一本詩集《雨天書》後所寫的感想和評述。他在第二封信的末尾邊上特別加了幾句：「請你把這些信留下來，過些時，我想看看我曾經說過些什麼，痲煩嗎？」這一過，就過了卅幾年了。一夫兄現在曼谷忙於一家華文大報，不知他是否還有餘閒和興趣，再看他早年曾給一位摯友以鼓勵和熱情的他自己的文字？

擾人的廣告

我們這棟公寓四樓的林先生是個非常風趣幽默的人，時常使出些怪招使人叫絕。最近也不知是什麼原因，大概是經濟復甦的關係吧？這棟公寓的每家信箱裏，每天湧來了大批的廣告紙，有賣電器的；有推銷家用電腦的；有補習班招生的；最多的是花花綠綠印得精美大張的賣房子廣告。也許是我們這幾戶人家都很窮，這些廣告到了我們這些家戶裡可說沒有半點吸引力，幾乎都是信箱一打開，誰都看也不看一眼就往角落裏一丟。一天下來，大門口地下都是五顏六色的廣告紙，三兩天沒人打掃，連走路都踩在廣告上。我們的林先生大概是看不慣了，在無力積極阻止人家送廣告進門的情形下，他去找來一隻洋鐵桶擺在門外的屋簷下，然後寫了一大張字貼在我們信箱旁邊，上面是這樣寫的：

「親愛的投送廣告先生們！謝謝你們的廣告。更要謝謝你們的是，請你把送給我們這幾戶的廣告直接丟在下面的鐵桶裏，免得我們再丟一次。本屋住戶一同鞠躬。」

林先生的這一招有沒有效呢？經過幾天的考驗，在拒絕廣告進屋的效果上，可以說完全失敗，五花八門的廣告紙仍然出現在信箱裏。只是是大門口地下很少再有廣告紙擋道，大家改往鐵桶裏丟。另一意外的效果是，鄰近幾家也紛紛仿效我們的作法，門口有的放紙箱，有的放竹簍，從此每家門口的容器裏都裝了不少廣告紙，而且絕大多數都是原封不動的躺在這些容器裏。可見每家對這種送上門的垃圾都不歡迎，但也莫可奈何。現在終於有了解決的方法，使大家的門口不再字紙滿地。照我們老祖父一輩人的說法是，少造一點孽。因爲老一輩的人把文字看得神聖得了不得，誰要是看到字紙不撿，或者踩在上面，坐在上面，便是罪大惡極。所以從前到處都有「敬惜字紙」的標語就是這個原因。

廣告是現今這個傳播發達時代的產物。在一切都講究推銷的今天，要達到推銷的目的，就要不擇手段的作廣告。據說憑一個國家每年用在廣告的統計數字，就可定出這個國家的等級來，看他是一個已開發國家，還是一個落後地區。我們現在是個開發中國家，所以這些年來廣告的洶湧趨勢，用陸空大進擊來形容絕不爲過。剛才談的只是從陸上來的一部份，也是最不講究技巧的一部份，很容易遭人封殺。有時候別人還會利用這些廣告紙發點小財。我的一位長官對付這種硬塞上門的廣告就比我們聰明，他把廣告從信箱取出來後，帶回來原封不動的往廢報紙堆中一夾，兩個月下來連同廢報紙賣掉，一次可以多換廿多元。

不過這種紙彈型的廣告究竟還只到大門口，就可把它擋駕，另外一種也是從陸上進擊的廣告，就又逼進一步。它們來無影，去有蹤，就像福壽螺產的卵，不知道什麼時候就進入到了公寓的樓梯間，或印或粘的，有一塊空白的地方就有這種廣告撒的爛污，稱得上是醜化環境能手。而且是撕也撕不掉，洗也洗不淨，除非你肯花大錢把整個牆壁刮掉一層，重新粉刷一次。但是誰敢擔保粉刷後不到三天就會像瘟疫樣再漫天而至。我曾試著數數我們這棟公寓從大門口至一樓樓梯間的這類搬家和通厠所的廣告，大大小小竟有八十八個之多，而且漸有上二樓的趨勢，先頭部隊已經到了一樓至二樓的轉角處。使我最想不通的是，在大門上方高與頂樓相齊的外牆高處，竟然也貼了三家不同的搬家廣告。我們公寓並無門窗與大門上方那面高牆相通，甚至連落腳的地方也沒有，那麼高的地方，他們怎麼貼上去的呢？莫非這些貼廣告的人有爬壁功，難道他們還帶著一架長梯來貼廣告不成？那豈不是太目中無人，不過這些作廣告的本來就沒有把別人看在眼裏的，報紙上不是說過祇要有人告發，就會去取締的麼？甚至電信局還準備採取剪電話線的行動，但是結果如何？家家戶戶的門口仍有新添的這種廣告。人們仍得無望的忍受這種廣告所帶來的污染。

剛才談的都是污染到眼睛的廣告，眞正可怕的還是使耳朵不得清淨的廣告，因爲這種廣告都是從空而降，登堂入室，無孔不入。除非你完全自絕於收音機、電視機這類本來應是傳播知識的科學產品，你每天都免不了要挨上幾轟。其實收音機和電視機節目中插播廣告是可以爲聽衆所接受的。一是大衆深知電臺和電視臺要生存。二是好的廣告照樣可以賞心悅目。我每天聽國際社區電臺插播的那幾則柔聲細語的廣告，一點也不會心生抵制。但是我們收音機和電視機的某些廣告，就每每有把所有聽衆都看成是聾子的感覺，拚死命的吶喊，其聲嘶力竭之處，祇有我們新詩人的詩歌朗誦差可比擬。而有些賣藥的廣告，拳打得虎虎生風，腳踢得筋骨發響，加上出自丹田的吆喝聲，幾乎疑在家裏擺了一個趕廟會的賣藥攤。而實際上爲藥品帶來的可信度，卻比賣膏藥的招來聲更差勁，推銷當然是要誇張，但幾曾見過賣膏藥的人一直在自顧自喊「有效！有效！」的呢？我一直無法忘記有一年我的一位外籍朋友來臺造訪舍下，吃過飯後，我那寶貝兒子急着要看當時一個最叫座的連續劇，他剛一把電視機開關扯開，猛然一陣聲震屋宇的廣告吼聲隨之而出，把我那兩位沒有見過臺灣這種世面的友人大吃一驚，我趕忙解釋那是我們電視臺的 commercial（廣告），洋太太捂著胸口連聲說 terrible（恐怖）。我那位朋友也是耍筆桿的，少不了回去之後，會把這段經過當來臺旅遊奇聞寫。據說這種大吼大叫的廣告，在廣告學上的解釋叫做強迫灌輸，製造印象，將來一有需要時，腦中馬上就會直接反應，生意就上門了。不過現在的人都很奸滑，才不會乖乖的接受強迫灌輸，廣告時間通常就是轉臺時間，何況現在的遙控選臺器，從此臺到彼臺，祇不過指頭移動一下的功夫。

另外一種吵得使人不得安寧的廣告，是最近一兩年來才出現的。初嘗滋味時，簡直把我攪得一時都亂了方寸。這類廣告多半是在黃昏時出現。先是一陣擴大器放出來的音樂聲夾雜著吼叫聲，自遠處響起，跟著還聽到了汽車隆隆聲，聲音越來越大，吵吵鬧鬧的好像就要把整條巷子掀了起來。吵過一陣之後原以爲開過去就可還我清靜。誰知跟著後面又來了一部，前一部過去的是粗壯的男聲，後繼的卻是尖叫的女聲。如此一波接一波的，一連要通過約十部車，才把這條吵鬧的巨龍走完。我第一次聽到時，以爲是選舉又開始了，但又覺得時間不到。走近窗前朝下一看，也只看到幾輛光禿禿的發財車頂著個喇叭在吼，沒有看到身披彩帶，打恭作揖的候選人。懂行情的妻子告訴我，我們街角頭空地上新開闢了個夜市，這些鬧哄哄的車隊是爲夜市作宣傳的，怪不得他們在這些小巷子裏穿梭吆喝。祇是他們不知在這種公寓對峙的窄巷裏，聲波的諧振特別厲害，且具放大作用，居住在高處的聽樓底下的動靜，平時就已經有十足的音量和高度傳眞，那堪這至少幾十瓦電功率的擴大器連環轟炸，不把人轟得心驚肉跳才怪。這種重轟炸式的廣告宣傳，大概不到十天半個月就會出現一次，因爲他們是個流動型的夜市，每天總會有個地區不得安寧。據說在外國像這樣無緣無故擾亂公衆安寧是犯法的，我相信我們同樣也有這樣一條法律，只是我們無法予以引用，因爲像這樣挨家挨戶的吼叫早就有過，早就證明法條祇是具文。

人類的安寧，自古以來就飽受滋擾，上古時的洪荒猛獸，進化以後的天災兵燹，但那些究竟還祇是偶然發生，總有幾天可以鬆弛的日子。而現在這種廣告的困擾，卻無所不在，無時不在給人威脅，而且越來越難以收拾。生在今天的人是何等的需要耐力啊！

尾巴之什

閒來無事看閒書，從一本《動物世界》的書上，才了解到我們所闕如的尾巴，原來並非只是用來打打蚊子，拍拍蒼蠅，它還有許多我們意想不到的妙用。譬如：兇猛殘酷的豺狼虎豹，牠們用豎尾巴來交換訊息；狗搖尾巴是表示牠的心情；鱷魚的尾巴根本就是一種武器；海狸的尾巴是游水用的舵；大食蟻獸的尾巴，毛又長又密，睡覺時是牠裹身取暖的毛氈；鼴鼠的尾巴是牠們交尾時的精力之源；松鼠用尾巴來維持爬行時身體的平衡；袋鼠用尾巴來作第三隻腳用。而最主要的是，除了各別的用途，一切的尾巴都有一個共同的特點，乃是用來調節體溫，爲身體上不可或缺的一部份。

雖是閒書，闔上書我就想，人類是多麼的不幸，居然就少了這麼一條尾巴，否則他不會這麼無助，這麼需要很多身外之物來幫助他。祇要他有任何動物的尾巴，他就會少一種麻煩，多一種本能，要是他有一條具備多種功能的尾巴，哈哈！那他的「美名」豈止是「萬物之靈」。

丟下這本閒書，我又拾起另一本閒書來翻，這一本是《世界偉人輕鬆面》，一翻就翻到這麼一個故事。

這個故事是關於一個我們最不欣賞，甚至可以說聽到他就憤怒的美國軍人政客馬歇爾的。書上說馬歇爾的第二任太太也是個再嫁夫人，還隨帶了前夫所留下的三個子女，但是卻極爲能幹賢慧，使得婚後的馬歇爾步步高升，終於位至極品，做了萬人得聽從他的元帥。據說馬歇爾夫人曾經對人說：

「妻子就像風箏的尾巴，風箏飛到那兒，尾巴就跟到那兒。」

而馬歇爾也欣賞妻子的這種觀點。他說：

「這話確實是不錯。風箏是不能沒有尾巴的。否則風箏太重時會掉落下來，太輕時又會團團打轉。沒有尾巴的平衡作用，風箏就飛不起來。」

所以馬歇爾風箏能飛得那麼高，實在得力於他那位甘於作尾巴的賢慧太太。

放下這本書，我對這個以尾巴自居，勇於承認是男人尾巴的馬歇爾太太，不由心生敬佩，雖然馬歇爾過去對我國造成的傷害，他的這條尾巴也脫不了些許責任。再想想這個世界，要是沒有很多像這樣甘於犧牲奉獻的女性，那該是多麼的支離破碎。無助和無力感恐怕比現在更嚴重吧！

所以，上帝還是很公平的，祂雖然沒有給人類造一條尾巴，卻給我們造了很多甘於犧牲奉獻的女性。

教養的必要

我的書桌案頭上擺著一張小小的紙條，那紙條是從一部收銀機上撕下來的，上面打印著我購買物品的價錢和我付款的紀錄。就像所有收銀機上出來的收據一樣，上面也印著那家商店的店名和發票序號，以及年月日等字樣。但是這張收據上還特別印上一行字，看起來觸目驚心。

"Educated consumer is our best customer"

譯成中文，意思大概是：

「有教養的消費者是我們的最佳顧客」

這張收據是我從紐約帶回來的。那天到紐約，室外氣溫是零下五度，遍地一片銀白，從臺灣去的我們雖然都帶了一些禦寒的冬衣，但面對那麼刺骨的寒風，顯然不足以保暖。女兒便帶著我們到紐約最大的一家成衣店去買件大衣或風衣來加在外面。女兒說那家成衣店是有名的貨品齊全，品質保證，且價格合理。

這家成衣店眞是大得驚人，各樓層均有專屬的衣服陳列。我們去的賣男裝的那一層，各種冬裝應有盡有，都分區分類的整齊掛置。我們所要的大衣和風衣至少千種以上，任憑選擇。但是整層幾百坪的大樓，除了靠裏面的角落有一個負責收錢和兼包裝的店員在忙霍外，便再也無人看守服務。而整個的空間雖顧客來往不斷，卻井然有序，聽不到顧客的談笑喧譁；顧客試穿後不合的衣服仍然悄悄的掛回原處，也沒有任何人會亂掛亂扔。回想我們國內消費市場那種亂象，顧客擇物後把貨品弄得一團糟，必須有店員跟在後面收拾殘局的場面，簡直就可看出文明與野蠻的截然分野。

收據上的這行字是我從紐約回來後計算花費時偶然發現的，看後卻使我耿耿於懷。印證在紐約那家成衣店內的文明現象，我常想，不知是先有收據上的這句期許的話，才有那麼好的有教養的顧客；還是先有有教養的顧客，才會在收據上印這句話，對其他顧客作期許。但不管怎麼樣，對顧客這種人格修爲的鼓舞，比我們所一直奉行的「顧客永遠是對的」這種毫無公平性的奉承話，要來得合理和有實效，卻是事實。

教養的必要豈祇是商業行爲，放諸普天下的一切人際關係，有好的教養表現，總會勝人一籌。

書中之書

我不是基督徒，雖然心中常常默念母親在小時候教我的《觀音心經》，但至今也仍然不屬於任何宗教。可是我卻有三本不同版本的《聖經》。在書房裡，這三本《聖經》既不能擺在我的本行的電子書籍一起，又不能混在我最喜愛的詩文一堆，我把它們擺在書架最中間的一個方格裏，稱之爲書中之書。

民國四十七、八年時，我住在臺灣最北端的富貴角。那裏祇有一座燈塔，和幾戶漁家。成年多風多雨多風沙，還有聽不完的濤聲，和看不盡的野波蘿林。我在那裡公餘之暇，就是寫詩和讀書，生活非常刻板。同房間的杜兄是一位虔誠得近乎癡迷的基督徒。他大概以爲我日子打發得太寂寞，有一天遠從三芝的一座教堂裏抱來了一本《聖經》給我。那是一本祇有三分之二手掌大的厚書，漆布燙金字的書殼。我那時對知識的吸收來者不拒，沒事時抱著這本小厚書居然大啃特啃，至今《聖經》上的些微常識就是從那個時候獲得的。但是這本《聖經》的譯文委實不敢恭維，好像是與我們相隔得太久遠的人所說的中文。再加上那位神經兮兮杜兄給予我的反感，《聖經》雖囫圇吞棗的讀了一些，卻沒有使我與基督更接近。

我的第二本《聖經》是懷特婆婆送我的。懷特婆婆是我在美國讀書時認識的一位老太太。就像所有的美國老人一樣，懷特婆婆也是一位非常虔誠的基督徒，熱心於教會工作。記得完成美國學業束裝返國時，我特地搭著灰狗長途巴士從美國南方跑到中部的堪薩斯城去看她。我們相聚的時間很短，她卻帶著我到她所屬的教堂去待了半天，把我像貴賓樣的介紹給全教堂的人認識。回國後我結婚時，她送給我的結婚賀禮就是這本英文《聖經》。這是在當時（一九六〇年）由美國世界出版公司最新推出的一種版本。係根據英國欽定版的《聖經》所重新校訂，金邊皮面，非常豪華高貴。尤其是它特別附的有韋氏音標，以便看到有唸不出的人名地名時，可以拼音唸出。所以又叫做「自我發音版」。而在新約部份凡是耶穌基督說的話都用紅字印出，故還稱「紅字版」。由於我不上教堂，又是那麼貴重的英文版本，這本《聖經》我一直保存得好好的。但是每當我看到這本《聖經》，我便懷念起那位已經過世多年的好心異國老人。

第三本《聖經》我最近才獲得。這本《聖經》是由名散文家小民學姊所贈送，稱作《現代中文譯本聖經》。是一九八〇年十月才問世。據說單單是翻譯籌備就花了八年的時間，眞是了不起的一件大事。讀到這本《聖經》以及有關它的介紹，我才知道從前那本中文《聖經》的文字是由一些在華多年的西方傳教士所翻譯，而且是早在民國八年的事情，怪不得讀起來總覺得像是與我們相去甚遠的味道。現在這本《聖經》讀起來非常順口，一點也不像翻譯文字，倒覺得像是一些優美的散文。《聖經》裏面的詩篇也譯得眞的有了詩味，並且賦予了詩的形式。最特殊的是挿入了許多線條極爲優美的挿圖，把本來嚴肅的經文，點綴得更引人接近。小民學姊全家都是極爲虔誠的基督徒，他們蒙受著主的恩澤，時常也不忘記爲我這個在心靈上尚無歸屬的人帶來祝福。我非常感激他們的好心。大家都公認《聖經》是世界上最偉大的一本書，基督徒當然應該奉爲寶典，事實上如果一個學文的人沒有讀過，應該也是一種知識上的欠缺。現在有了最中國化的譯本，我倒希望學文的也多去接近。說不定對我們的寫作會有更深一層的啓示。

勿以殘破唬人

新年元旦，趁著難得假期，我和老妻悠游的逛了幾處藝術品展覽會場，同行的還有遠從中部來臺北領獎的詩人張效愚兄。逛至一處彫塑品展覽場地時，迎面看到的是一隻殘破的陶質缸形物，裏外毫無章法的堆砌了幾隻大小不同的破瓦缸。妻是個直性子的人，居然毫無顧忌的大聲說：「這麼一堆破爛也是藝術品呀?!」我趕快摀住了她的嘴，要她不要這麼沒有學問。如果不是藝術品，怎麼會進得這個大都會的藝術殿堂。不信妳拿家裏的幾件破爛來，看能不能進得了這個大門。妻被我這一頓搶白，弄得不敢再吭一聲。

誰知陪我一同去的詩人卻給我講了一個故事。他說：他有一位在陶瓷廠工作多年的內親，一次慕名去參觀一家陶藝展。那些作品都經精心設計的擺設，配上了特殊的燈光。一件件都標價好幾仟元臺幣。但是他那住在陶瓷廠工作多年的內親看過之後，卻大呼這是騙局，衹有我們這些沒有見過世面的外行人才會去上這個當。他說如果一件沒有做成功的陶器，硬把它燒出來，或者在成形的作品上，挖上幾個洞，加上幾個附件，再或者硬把它捏扁，造成怪形怪狀，也算是藝術品的話，那他們那裏的幾十個工作人員個個都是藝術大師。衹是他們如果也這樣作，就馬上會被老闆炒魷魚，沒得飯吃。

我知道這種爭論是沒有意義的。因爲一個藝術家的眼光就有他超凡脫俗之處，他能創造出別人無法容易看到的意義和內涵來。在這樣一個創造自由的天地裏，衹要自以爲是，誰又能過問。但是不可否認的是，像我這位沒有學問的老妻的平凡人一定不少。懂得在藝術上求完美無缺的也一定爲數甚夥。一件藝術品如果敢擺出來展覽，其目的無非是求得別人的欣賞，打動別人的心靈，以求能與創作出來的意義相共鳴。如果得到的回響，都是像〈國王的新衣〉這個寓言故事一樣的結果，無論如何應是一種遺憾。

說來說去這都是我們部份藝術家們對「創作」二字意義的誤認。他們似乎還執迷於所謂的「非理性」創作，未經苦思和鍛鍊就妄想在「想像力」與「非理性」之間，拓出一片天地來。殊不知卽使是再主觀的創造也還脫離不了「美」的範疇。卽使想創造出「設計後的紊亂」，也仍靠巧心的鑽研。絕對不是隨便拿捏兩下，做出兩件變形的東西就大膽稱爲創作。說來陶藝應是最能表現內涵的造形藝術。利用泥土的可塑性，利用球體之拉長或外伸、擴大與收縮的變化，就可把作品的力動感栩栩如生的表現出來。觀之我國歷代豐富的陶藝品，亦莫不是循此過程而千變萬化，幾曾以「殘破」來唬人？或曰：這是一個殘破的時代，以「殘破」來反映「殘破」，不正是合乎時代潮流？如果藝術家們果眞這樣認眞的反映現實，則還高唱什麼以藝術來提昇人類精神生活的高調呢？豈不自相矛盾。

峭壁上的一棵樹

曾經看到一棵樹就在一面峭壁上卓然矗立，下面是落差千丈的深淵，它的鬚根幾乎有一半什麼都抓不到的裸露在半空，但都粗壯結實，彷彿一隻隻冒青筋的手臂樣的在那裏穩穩的把持。

那面峭壁屬剝落性的混成岩，樹的周圍都有塊狀的石板形鬆動脫落狀，有的甚至已經滾落下來，靠在下面的斜度上，祇有那株樹的四周卻緊密得結結實實的，顯見那株樹花了全身的力量在那裏凝聚，在那裏鞏固，好像知道，如果不這樣絲毫不放鬆的維護住自己的立足點，則將與岩塊偕亡。

除了雨雪的侵蝕、朔風的動搖、太陽的灼烤，生活在那上摸不著天、下沾不著地的絕壁上面，怕是一點也沒有外來的援手、外來的營養，可以讓它由一粒種子而抽成一株樹苗、而枝繁葉茂的，然而它卻在那樣的生存條件下，不假外求的存活下來了，而且生活得非常傲岸，非常夠尊嚴，簡直是一種奇蹟。

樹的最大悲哀本就是毫無選擇的一落足即是一生，從此就不能再挪移半步，哪怕是在毫無呼吸空間的密林裏，或是貧瘠得寸草不生的荒漠中。而這株樹的處境更夠叫人嘆息擔心。然而我們誰敢憐憫它呢？我們誰有資格對如此莊嚴的一種存在而不肅然起敬？

每一想到那棵樹，我就會精神振奮。

雙打

每天從公司回到家，一直守在家裏的妻總會把左鄰右舍發生的事說給我聽，難得她一天盼到這個說話的機會，我總是支支吾吾的聽着，沒有留下什麼印象。祇有一次使我驚詫了一下。那是在兩個月前，那天她正在做家事，隔壁柴家的孩子驚慌的來敲鐵門，要董媽媽快過去看看她媽媽。妻擱下家事跑了過去，祇見柴太太躺在地上不省人事，一旁的牌桌打翻了，紅中白板撒了一地，幾個牌友卻不知去向。好不容易，妻才把柴太太弄醒，安頓了孩子。

我之所以吃驚，是因爲鄰居的柴太太在我的印象裏，應該不是一個會隨便暈倒的女人。記得我們在半年前搬進這間公寓時，比我們早搬來隔壁的先生開計程車的柴太太，還是個十足的鄉下婦人，豐滿的臉上還看得到陽光的烙印，身子結實得像一條母牛，家裏面的地板擦洗得油光發亮，還擺了一部針車替附近縫衣廠代工，見到人就一副憨直的傻笑。兩個孩子也不脫鄉下來的稚氣。她是什麼時候開始學會了打牌的呢？而且會打得暈倒在牌桌下的呢？我祇知道這棟公寓樓下的王家經常有牌局，卻沒有想到陣地已經轉移到了柴家。住公寓房子就是這樣，大家緊閉門戶，傳出來的聲音，不仔細分辨，往往不知來自何處。

日子一天天的過去，柴太太並沒有因那次暈倒而不再打牌，反倒日夜都傳來洗牌聲。

今天回到家裏，坐上沙發，正想趁晚飯前瀏覽一下報紙，忽然從隔壁傳來隱隱的牌聲裡，又響起了另一種聲音。這聲音可驚天動地，像是用什麼重物在敲打地板，但又不像是直接打在地上，中間隔了一層東西。一聲接一聲，響了一陣，停個幾十秒，聲音又起。震得人像是關在箱子裏，箱子外有人在釘釘子。

我趕忙問妻這又是怎麼一回事。她恨恨的說，柴家昨天把在鄉下的老母親也接來了，還帶來了幾大捆編草蓆的材料。現在就是在作編草蓆前的材料加工。她已經這樣挨轟一整天了，正要問我有沒有辦法阻止。

正尋思處置之道，在一旁讀大學的兒子卻問柴家的老母親有多老。妻說大概五十多歲。兒子一聽喜形於色的對她媽說：「媽，稍安勿躁，從雙打變回單打，是要不了多久的事。」

詳夢

人常說日有所思，夜有所夢。我昨天晚上做了一個怪夢，夢見自己一路飛奔跳躍，腳底下滿都是全身上下滾滿綠色糞便的人，他們或躺著，或者在地上打滾，橫七豎八，臭氣薰天，我不得不又跑又跳，急着脫離那個臭的行列。偏偏路又很長，人又很多，據說是在抗議什麼。我越跑越急，越急腳下越不聽使喚，突然一個踉蹌，狂吼一聲，醒了過來，滿身大汗，老妻罵我白天胡思亂想，晚上才魂不附體。我承認是個耽於幻想的人，但是再幻想也不會想到去抗議什麼，要抗議也不會去選那種臭方法。我現在唯一最想抗議，甚至想走上街頭的就是飛漲的郵資，害得我唯一能和朋友以物易物的幾本書，寄一本就得花上書價一倍，甚或兩三倍的郵費。但是我已經年老體衰了，沒有力氣走上街頭，唯一的抗議方法是從此自絕於人，少和郵局打交道。所以以日有所思來解釋昨夜的惡夢，似乎行不通。除非自己都不知道的思想走私，那又另當別論。

也有另外一種詳夢的說法。說夢境是和現實相反。我那卅五歲尚未許人，而且篤信什麼教，尚有師父說法打坐的小姨，就深信此說不疑。她說，我今天一定會有一筆財路到手。糞財，糞財嘛！晚上夢到糞，白天就會得到財。她要我今天一天注意有沒有郵差按門鈴，說不定那筆已經欠了有半年的稿費，會突然送到家。過年了嗎？曉得你老哥又沒別的收入。還有就是今天出門多多低頭看路。不要老是翹首看天。想想看，現在看天除了撒得你滿頭滿臉的水、泥、砂石，還有什麼？地上說不定還有路遺可拾，失金可撿。迷信一樣什麼的人，說話常會強詞奪理，小姨的話，我一向不信，但還是影響到我，害得我今天出門特別關照老妻在家別讓郵差多按鈴，聽到一次就奪門下樓。自己走在路上低頭哈腰，四處逡巡，有如獵犬，還故意多轉了兩條大街，坐了幾轉公車，結果一個子兒也沒撿到。心想回到家裏說不定會有點意外。筋疲力竭，走進家門，老妻果然捧了一封掛號信在笑盈盈的等候。哈哈！小姨果然修練有道，料事如神。看看信封卻不是那家欠我稿費的雜誌社，而是另外挺大的一家。急吼吼的拆開一看，果眞有滙票一張，另附一紙，說我閣下大作一篇轉載於他們某期雜誌，奉上轉載費一百元。

Cute

燈光已經全部調整得很低暗了，只留下座椅底下走道上的幾朵隱藏的小燈花，中間有人偶爾打開頭上直射的照明燈，白煦煦的光束像是光環一樣的清冷。

這是一班從巴黎直航新加坡的班機。已經飛了很久了，換日線上的夜特別長。也不知剛剛吃過的那頓配着白葡萄酒的飯食，究竟是晚餐還是早餐，吃完大家便又紛紛入睡，只讓機聲兀自在機外隆隆怒吼。我也是一樣，趁着人少的空檔，上過洗手間，便再度回座假寐。

正矇矓間，突然聽到擴音器裏一個男聲壓低嗓子在廣播：

「服務人員報告，有人拾到一筆錢，遺失者請來認領。服務人員報告，有人拾到一筆錢，遺失者請來認領。」

整個機艙這時除了有人因擾了清夢而略為翻動身子外，似乎沒有什麼反應。我的直覺是，這個時候有人掉錢，眞是不可思議。

過了約廿分鐘，廣播的聲浪再度劃破了寧靜，又一次通知有錢招領。我也從似睡非睡中喚回，感覺肚子憋得緊緊的，大概是那頓豐盛的法國飯食已經到了胃部，伸手想把褲腰帶放鬆一格，這一伸非同小可，摸到褲腰上貼身的小口袋已經空空如也，天……那是我後半段行程僅有的盤纏，原來廣播半天竟然是我自己！不可思議。

我一身冷汗的翻身而起，直奔服務人員。座艙長看我說的錢數和拾得的相符之後，便把錢交給我，問我要不要向拾錢的人道謝，我猛點頭答應。他帶我到了那人的座位上。

那是一位黑髮瘦臉留着小鬍子的年輕中東籍旅客，帶着太太和小女兒擠在座位上。我過去和他握手致謝，他指指小女孩，又指指洗手間，我知道了我掉錢的全部過程。小女孩羞怯的望着我笑，我俯身吻了一下她的小臉蛋。想不到一句字正腔圓的美國英語從她嘴裏冒了出來："Mister, you are very cute"。

她竟搶先把我應該讚美她的用詞「可愛」，用到我身上來了，眞是天眞無邪得可愛。猛然一下子，我好喜歡這個世界。

誰是別人？在那裏？

我過去一位在軍中的朋友，退伍下來以後，憑着在軍中學會的一點駕駛技術，他把退役金買了一部計程車來自食其力。他結婚很遲，退下來時孩子才一個八歲，一個六歲，都是正靠他賣力養活的時候。

有一天，我在街上等公車，他碰巧在附近兜生意，看到了我，硬要拉我上車送上一程。他這個人，從前做事都是慢條斯理，一板一眼的，可是現在開起車來卻勇冠三軍，橫衝直撞，有車就超，有縫就鑽，我坐在上面提心吊胆，隨時都在躭心他會出車禍。忍了半天之後，我對他說：

「老王，何必把車開得這麼快呢？我們又不趕時間，萬一發生個車禍，小則失財，大則送命，弱妻稚子將來靠誰呵？」

他一邊忙着打方向盤，一邊回答我的話。

「臺長，你不開車就不懂，現在的車眞難開啊！要是完全按照交通規則行事，根本就寸步難行。你不看別人都在搶路，我不搶，行嗎？」

我一聽，他的話眞還言之成理，別人都是這樣開車，他怎麼能不隨俗。何況開得快，多做幾趟生意，錢就可以賺得多。這正是他那個家所需要的。這樣一想，先前的躭心，也就覺得多餘。

我不是一個常常坐得起計程車的人，除非必要，我都是公車來去。坐了他這趟沒花錢的計程車之後的有一天，我要趕到機場去送一個朋友，而我的住處沒有公車可以直達，如果轉車可能就會趕不上，於是我又忍痛叫了部計程車去。司機是個年輕的小伙子，車子也是剛出廠的全壘打，車內纖塵不染，還散發着一股茉莉花香。唯一與內部的現代化不協調的是駕駛枱前掛了一道靈符袋子。然而靈符卻又鎮壓不住小伙子司機開車的急燥脾氣，他幾乎是遇黃燈就搶，遇彎就急轉，在一條街口幾乎與右面還沒有走完的車子撞個正着，我嚇得驚叫了一句：

「好險！」

小伙子司機從後視鏡裡瞧了我一下，然後兩手放開方向盤往兩邊一攤，做了一個莫可奈何的姿態。我就說：

「起步慢一點不就安全得多嗎？」

他又從後視鏡中望了我一眼說：「沒有用啦！你不搶，別人也會搶，在臺北開車就是這麼難。」

「呵！呵！」我對他這句似是而非的說法，唯唯諾諾的支吾，心裡卻起了懷疑，他也說是由於「別人」要搶先，他才被迫跟進。這個「別人」怎麼這樣猖狂？引發了我去找這個「別人」的好奇心。

在過去幾個月裡，我利用各種乘車的機會，就便問了十餘位司機先生，想找出這個共同指摘的「別人」。使我非常意外的是，他們都不是「別人」，他們也都說，他不爭先搶後，別人也會爭，也會搶；他不搶黃燈，別人也會搶；他不撞別人，也會被別人撞，他們都是無辜的，他們也都痛恨這個「別人」的不是。

這下我就搞胡塗了。大家都說別人的不是，到底誰是別人呢？他在那裡？誰人可以給我一個明確的答覆？

槍與筆

有一首軍歌流行在軍中，一唱起來就使人血液沸騰，正氣凜然。這首歌的名字叫做〈我有一枝槍〉，是由黃瑩先生作的詞，李健先生譜的曲。採的是降B調四分之三的拍子。歌詞的全文是這樣的：

「我有一枝槍，扛在肩膀上，子彈上了膛，刺刀閃寒光。慷慨激昂，奔赴戰場，衝鋒陷陣誰敢當，誓把奸匪消滅盡，高唱凱歌回故鄉。我有一枝槍，扛在肩膀上，國家把它交給我，責任重大不敢忘。」

這首歌我在軍中唱了好多年，也聽了千百遍。歌詞的內容曾經鞭促我時時不忘自己是個守土衞國的軍人，隨時隨地會受命端著槍去瞄準敵人的心臟。我也曾領著我的弟兄在行進中高唱這首歌，讓他們以歌聲來振奮自己，走成一個堂堂正正的英雄好漢。

可是曾幾何時，我的年歲已經不允許我再扛沈重的槍，再在軍營中唱這首雄壯的歌。我必須結束我的軍旅生涯，回到久已陌生的平民生活。可是我並不很老，才五十出頭的眞正成熟的年齡，既然失去了扛槍的資格，我總得另外找一點工作來塡補我的生活。在作生意缺乏資本和經驗，賣勞力又缺力氣的情況下，我只好選擇了筆，從年輕時的棄文從武，回復到辭武就文。

選擇了筆之後，我很想把那支歌的詞句稍微改動一下，唱成「我有一枝筆」，使它切合我的身份，使我仍能唱它。可是我發現筆字在歌詞中沒有辦法押韻。同時筆不能扛在肩膀上，它只能夾在手指尖，詞句不合邏輯。而且拿筆是我自已選擇的，國家並沒有把它交給我。所以歌詞不能改，改了唱不通。我只有仍然唱「我有一枝槍」。心裏想著卽使我手裏拿的是一枝筆，何妨讓它也發揮槍的功用。在這個黑白不分，是非不明的荒謬的年代，槍和筆應該是一對孿生兄弟，只是使用的地方不同。

選擇了筆之後，我發覺一枝瘦瘦的筆雖然比起一枝幾公斤重的槍來，實在只能算是一個小小的侏儒，可是在拿起來運作的時候，有時候一枝筆比一枝槍還要重上萬鈞。從前拿槍的時候，對象分明，只要接獲了命令，扳機一扣，管保把來犯的敵人一個個撩倒，然後便是自己抽煙喝酒甚至浪漫的時間。按月吃糧拿餉，按時開飯就寢，生活單純，毫無掛慮。可是拿上筆之後，除非你故作痲痺，或自欺欺人，寫些肉痲當有趣的文章來騙稿費，否則你會感到你這枝筆所發揮的功用應該不只是一枝槍，有時候它應該也是一枝裝滿消毒劑的噴筒；一枝解剖分析的雕刀；一部透視內裏的X光機；一面暴露無遺的照妖鏡。卽使把筆拿來當槍用，在這假面舞盛行的芸芸眾生之中，你也得睜開慧眼搞清楚誰是撒旦，誰是朋友，免得誤傷了自己人，爲社會造成無謂困擾。而最大的區別是從前端槍瞄準是奉命行事，一切有人擔當，打得好還論功行賞。而現在掄筆完全是本乎自己的良知良能，一切靠自己判斷，自己負責。切中標的可能飛來一二掌聲，聊以安慰。瞄不準就會像童年時失手投出去的水漂漂，連波紋都沒造成一個就沉落水中。當然掄筆的時候還要通過最難的一關，那就是編輯老爺。如果你寫的一些什麼，自己認爲偉大得可以獲諾貝爾獎，而在編輯老爺的眼中，只能塡垃圾筒，那你頂多也只能坐在家中罵大街，摔玻璃板，或拿老婆孩子出氣。

至於掄筆的時候，你還想像以前扛槍一樣，按月有固定的收入，還管你吃穿，那眞是做夢。現在一千字的筆潤只夠你吃桃源街的牛肉麵五碗，或買最癟腳的衞生紙廿包。而偏偏掄筆的人口似乎比扛槍的還多，你筆下的傑作卽使被編輯老爺看中，有時也得在他桌底下那隻大抽屜裏躺上半年。除非你趕快走後門出國，讓稿件信封上的投郵地址變成蟹形文字，或者寫成只有在殖民地才吃香的外邦大學。

還好的是，筆者扛槍扛得夠久，即使現在不扛槍也還有幾成酬庸性的糧餉可吃。稿子賣不出去，尚不致餓飯，頂多少幾文抽香煙、喝米酒的錢。

挎刀

前幾天在路上遇見了一個久未見面的朋友。他躊躇滿志的對我說：「老向，我沒有在以前的那家公司幹了。從今後決定再也不爲人挎刀。」

年紀大了，一時反應不過來，我對他說的下半句話，想了一會都沒搞懂意思。便趕快問他：「挎刀？挎什麼刀？」

「唉呀！書呆子。挎刀就是當下手的意思。」他一邊嘆我無知，一邊對我解釋。

「當下手有什麼不好呢？你不是一直混得很好嗎？汽車、洋房，要什麼有什麼。」我這位朋友一向是大家羨慕的對象。又能幹，又會動腦筋。就是幫人家幹也是幹得轟轟烈烈。我眞不懂有什麼不好。

「不好。可多著呢？你以爲我開汽車，住洋房就好嗎？告訴你，那都是我替老闆賣命換來的。我為什麼老要替別人賣命呢？老子有本領，為什麼不自己幹。」愈說他愈神氣，想來他是在那家公司裏窩久了，想自闖事業。我趕快問他，是不是自己準備開個公司，他話都沒有回就從屁股上掏出的錢包裏，抽出了張名片給我。嚇！原來他已經是一家公司的總經理兼董事長。我們在哈哈祝福聲中分了手。

一連幾天，我都為我這個朋友所說的挎刀兩個字感到新鮮，只是遍找參考書找不到出處，後來一打聽，原來這是梨園界的行話，通常是指一個角色為另一個角色配戲的意思。多少有點委屈、犧牲，為人家捧場的味道。至於為什麼不乾脆就叫配戲，而叫挎刀，想必是與某一齣戲有關聯，因為我沒有一個眞正對戲在行的朋友，故而至今尚未問出。

人總是愛聯想的。尤其像我這麼一個沒有什麼出息的中年人，看到人家這麼說不幹就不幹，瀟脫得像一片來去自如的雲，不由得由愛慕而生敬佩，也不由得拿自己去比別人。結果這一比可發現自己差勁透了頂，竟是替別人挎了一輩子的刀，壓根兒就沒演過一次正份。最沒出息的是一直在替別人當下手，還從來就沒以當下手為恥、為苦、為委屈過。反而樂此不疲的準備就是這樣挎刀到老。同時我還一直為自己沒有負到重責大任而慶幸。因為有時候我看到我那位老闆為公司的事而勞神焦心的狼狽像，就覺得我還是當我的小職員來得痛快自如。

說起來我這種德行可以說是一種根深蒂固的奴性使然，實在不足爲訓。「人往高處走，水往低處流」，這是千古不滅的定論，誰要自甘下賤，那是個人的毛病。不過經過我一直的深思，實在找不出我們這芸芸衆生之中究竟誰能免於不替人挎刀。只是挎的程度不同，看的角度有異而已。就以我那位自稱從此以後決定不再替別人挎刀的朋友言，我懷疑他眞正能擺脫替別人挎刀的命運。他如果不拼死拼活的苦幹一陣子，我不相信天上會掉下金元寶來鞏固他總經理兼董事長的位子。又如果他眞的發達起來了，那些賺來的財富我不相信又能帶到天堂裏去。說開了還不是爲別人挎了刀。政府各級首長的權位總夠高了吧？可是現在是民主時代，他們都已淪爲人民的公僕。他們時時刻刻忙碌操心的，還不都是在替老百姓挎刀。否則我們那裏會過得這麼舒服；那裏能夠一下子冒出這麼多成億財產的富商巨賈。準此以觀，人生在世，不論權位如何，爲別人挎刀、當下手、演配角，或者說得文明點，爲別人服務，似乎是與生俱來的義務。

寫了這麼多，似乎都在爲自己那不可救藥的甘願終生挎刀說法找立論根據。看來也確實不無此嫌。不過我也有一但書，我的看法是，人既然命定不得不相互挎刀，就得把挎刀的那份戲演得中規中矩，甚至演得奪去了主角的光彩。所謂「牡丹雖好尙需綠葉扶持」，我們就做那幾片不可或缺的碧油油的綠葉，把整個一株花樹打扮得多彩多姿，不也是活得頂夠意思。

耶路撒冷所見

據說有一次三個傳教士在一起聊天。一個屬天主教，一個屬基督教，另一個屬猶太教。當聊天的話題轉到對信徒們奉獻來的錢的處理方式時，天主教的教士說：「我在地上畫一個圈圈，把奉獻箱打開往地上一倒，留在圈圈裏面的錢歸上帝，滾到外面的我留用。」

基督教的教士說：「我的方式完全相反，留在圈子裏面的錢我自已開支，滾到外面去的全歸上帝。」

輪到猶太教士了。他說：「我才不那麼痲煩。我把所有的錢捧出來往空中一丟，該上帝的全給上帝，掉在地上的才歸我用。」

這一個笑話說得很刻薄，把猶太人嗜錢如命的個性和超凡絕俗的心機形容得入木三分。這種笑話說來聽聽，哈哈一笑是可以的。如果眞的就把猶太人看成只懂功利，什麼都不顧惟財是問的民族則就大錯特錯。不要說近世的許多偉大哲學家、科學家都是猶太人，這些年的諾貝爾文學獎屢屢都被猶太籍作家囊括，即連他們的主神耶和華也不敢小看他們，稱他們為硬脖子的民族。他們堅持執著的精神才是令人可敬可畏之處。下面是我所眼見的一則小事：

話說一九八〇年的秋天，我遊歷到了世界三大宗教勝地的耶路撒冷。那天上午在遊覽過聖壇區的八角型金光閃閃的圓頂回教清眞寺時；循著耶穌當年背負十字架的足跡，走過狹窄彎曲、崎嶇不平長達五百多碼的受難路；參觀過耶穌和他的門徒最後晚餐的那個大廳；看過耶穌被釘及復活的那處墓地；還有瞻仰過高六十呎，長一百五十呎用巨石砌成的哭牆之後，嚮導把我們帶到城郊一家古老的餐廳去吃中飯。這家餐廳沒有什麼特別豪華的設備，一張張的長條桌自屋子的兩邊排開，顯然是一處大眾化的公共食堂。我們選了進門處靠近櫃檯唯一的一張小桌坐下。剛剛點完了菜，門外的廣場上來了兩部大遊覽車，一大羣中年以上的男女遊客嘰嘰喳喳擁了進來，頓時把整個餐廳全部坐滿。他們坐定之後，有一個拿著一面小旗子的人站了出來，講了幾句話，便領著大家唱讚美詩，作禱告。等這一切宗教儀式做完，他們才開始輕鬆起來，有的找人聊天，有人就掏出香煙來抽。

就在這個時候，突然從門外一陣風似的走進來一位身著黑色僧袍、頭戴黑色禮帽、足蹬黑色皮靴、臉上滿腮黑色大鬍子的老人。他在門口站定之後，不言不語，朝四面看了又看，好像要發現什麼似的，然後他直朝那些抽香煙的遊客面前走去，一個個要他們把香煙熄掉。走完餐廳一圈，看看再也沒有抽煙的人，才揚長而去。這一場默默進行的取締抽煙的畫面為時不長，像一陣來得快去得疾的旋風。看得我目瞪口呆，而那些西方遊客也毫無抗拒的就把香煙收起來，沒有一個人露出不悅之色。我急忙問嚮導這是何方神聖，居然有這麼大的權力在大庭廣衆之下干涉人身自由。嚮導說，那天是他們猶太人的安息日，規定禁止抽煙。剛才此人乃地方政府派出來的巡迴監察官，專門巡視各公共場所，遇有抽煙的人即出面勸阻。不管本國人、外國人、朝聖者或觀光客，同教或異教一視同仁，絕無例外。他說到這裡面露驕矜之色。我也打心裡對他們這種敢作敢為、敢於堅持執著的精神，發出由衷的敬佩。更使我由此眞正瞭解到猶太民族歷經千磨萬刼而猶能強悍的生存下去的原因。

在國內，我們常常會發起很多設想非常好，而且實際對大衆確實有益的運動，譬如：等車排隊、騎機車戴安全帽、不亂丟垃圾、不嚼食檳榔等。但呼籲儘管呼籲，規定任你規定，沒有一樣能夠堅持到五分鐘。我嘗想，如果我們也學人家樣派人出來強迫執行，會是怎麼樣的一種結果呢？是像人家一樣默默的貫徹始終和接受？還是衆口諾諾的大呼干涉自由？但願會是前者。因為我們畢竟也是一個文化悠久、歷史深厚、且同樣歷經患難的民族。

越吃越刁

我是一個嘴饞的人，平生毫無別的嗜好，只要稍微能夠吃得對胃口一點，便感心滿意足，可是偏偏自己的荷包始終不爭氣，再加上家裏人口衆多，想要經常給自己的嘴巴打打牙祭，就不是那麼容易的事了。還好的是我有一個體貼能幹的妻，她知道我們家不可能常去上館子，就只好自己剽學一點做菜的手藝，讓全家人在伙食預算的可能範圍內，也常常換換新。當然這就苦了她這位主中饋的人了，她得多看食譜，多向人請教。最後還得捏著那有限的幾張鈔票。變戲法似的，使全家人都吃得滿意。

話說這一天，妻突然決定要做一道鳳爪給我們吃，所謂鳳爪說起來怪好聽，其實就是辣味雞腳爪，這道菜如果做得好，吃起來非常過癮，辣辣的脆脆的，還帶一股豆豉的淸香，我們從前在一家廣東茶樓吃過，可是一份才用醬油碟子裝那麼三五根，價錢就得廿好幾。我們全家五口吃上廿碟還不夠，現在妻決定做給我們吃，當然就可大快朶頤，儘情享受了。

經過一天的折騰，妻做的鳳爪果然上桌了，味道眞不輸於茶樓，最過癮的是質量均多，全家人都叫好，我問妻那一大包雞腳的成本是多少，她說那一包是兩斤，共花臺幣壹百元，我又問如吃雞腿兩斤，得花多少錢。她說也是壹百元，我說鷄腿上盡是肉，雞腳爪上除了一層皮就是骨頭，怎麼會是一樣價錢。她說現在誰還要多吃肉，你到茶樓去看有誰叫雞腿的，雞腳爪卻供不應求，你到酒席上去看那有雞腿這道菜，卻有鳳爪湯殿後，這樣不把雞腳爪吃貴，雞腿越來越不吃香乎。我一聽之下，確有道理，我們的嘴確實是越吃越刁了，從前認為是上上好菜的，現在貶到乏人問津，以前被認為是丟棄的，現在成了桌上佳餚。

由於這件事，使我想起前兩個月陪一位外籍友人吃飯的趣事，那頓飯是由一位長輩請客，他為了款待這位異國貴賓，特別叫了幾道難得吃到的好菜，其中有一道菜名叫鸚鵡舌，那位洋朋友不知就裏夾了一塊黑黑的東西就往嘴裏送，在嘴裏嚼了半天卻像橡皮筋嚼不爛，他問這是什麼東西，有人告訴他說是鸚鵡舌，你瞧他當時那個吃驚的樣子，像是誤吃了死人肉，他說在他們國家只有把鸚鵡養來當寵物玩，那有宰來吃，而且專吃舌頭，那要殺多少隻鸚鵡才湊得這麼一大盤，我們趕快解釋說那只是鴨舌頭，他才釋然，不過他仍認為吃得奇特，在他們國家是聞所未聞，我眞不敢告訴他，從前我們還有把桌子挖一個洞，把一隻活生生的猴子頭伸出，敲開猴子的天靈蓋，舀猴頭髓吃，我怕人家笑我們仍是野蠻民族。

今天只要我們稍微注意一下報紙的社會新聞，就會發現我們吃的花樣眞是層出不窮。九、十月間的時候，北來的候鳥過境，據說至少有廿萬隻的紅尾伯勞成了夜市上的烤小鳥，這兩天南部的滿洲鄉，據報導又有人大捕過境的鴛鴦，少不了有人又有幸可吃到本已瀕臨絕種的珍禽。要不是輿論反映得很，至少又要有一隻熊、一頭象、一隻鹿和無數隻麻雀得送掉小命，因爲一家觀光飯店準備要辦滿漢全席，那上百道的菜式中，就有雀舌、熊掌、鹿筋、象鼻等珍品，前幾年有人統計過，本省一年中要吃下肚四百萬隻鴿子，而彌足珍貴的是其中約有半數，也就是約有兩百萬隻是賽鴿用的名種鴿子，一隻身價有些高達數萬臺幣。啊！眞是滿歟盛哉！天底下那裏有我們這麼豪華的人。老實說，包括孔聖人在內，只要有吃，而且吃得起、吃得到，想必誰也不會拒絕這種口福，只是令人杞憂的是，像我們這樣時時翻新的吃下去，要是到了某一天，天底下的奇珍異味都已吃得淨盡，恐怕得在人的自身上打主意了，到那時活烤乳嬰，清蒸人頭，一人三吃都成了報紙上大廣招徠的招牌菜，不知道那時我們吃時會是一種什麼樣的心情？

狗吠與誦經

這個星期天的早上八點多，我從山區住處到幾站路外的郵局去辦事情。剛走到下坡出口處，從旁邊小店裏衝出來一位年輕人氣沖沖的在吼：

「我找他去！什麼玩意嗎？吵了一個晚上還不夠，現在還不停。」

我看他一邊朝山坳那邊看，就知道是怎麼一回事。便停下來問了他一句：

「是山頭上廟裏面在唸經嗎？」

他一臉不以爲然的回答：「才不是呢！是那家五樓在放錄音帶。我要找他去。什麼玩意嗎？吵得我一晚都沒睡。」說完怒氣不息的就往山坳那邊跑去。

搬到這個山區來以後，經常目睹的是碧綠青翠，耳聞的是鳥叫蟲鳴，呼吸的是清潔空氣，倒眞是有置身紅塵外的感覺。唯一使人感到遺憾的是有兩種聲音不時出現，弄得人心緒不寧。一種是狗吠，一種就是把這位年輕人氣得直跳的誦經聲。

照說住到這個寧靜的山區裏，偶而有鷄犬相聞，應該不是一件壞事。問題是如果狗吠的聲音不是偶而的點到爲止的汪汪幾聲，而是成羣結隊的相互嘶咬吼叫，再加上不時出現的氣絕似的哀號啼哭，就讓人感到刺耳難受了。而這裏幾乎每晚八時到九時之間就會出現一次。也不知是這個時候是這裏的狗的休閒時間，還是牠們狗與狗之間有了默契，總之到了這個時間，附近的狗們就在那條人已稀少的大路上集中，開始親親熱熱，爭爭吵吵，以至大打出手起來。牠們一下子嘶咬追奔到這頭，一下又呼嘯爭逐至遠處，把本來已經靜得可以讓人休憩或課讀的夜空，攪得風聲鶴唳，這還不說，遠處通至一處山莊那條山路上，有家家畜檢疫所收容了大批無主野狗，大概是聲氣相通，一聽這邊在吼，便也開始呼應，一時之間，但聞犬吠之聲此起彼落，山區本來空曠，四野又有回聲，如此一來，人就夠受的了，彷彿眞會有什麼大事發生。

不過狗到底也是血肉之軀，儘管牠們興起之時，拚了命的打鬥取鬧，吠吠不休，但總有精疲力竭，無以爲繼的一刻，我們祇要忍耐個數十分鐘或半小時，也就會煙消雲散，一切歸於寧靜。

最讓人受不了的還是誦經聲。因爲現代的誦經已經不再止於禪房佛堂的木魚淸磬，口誦心傳，他們也開始講究現代化、科技化。一卷錄音帶，一具放音機，一隻喇叭，便可以把他們的梵音妙旨上天入地、無遠弗屆的傳播出去。而且不擇時間、不選地點，也不管別人接不接受、刺不刺耳、憤不憤怒，完全在一種目中無人的情況下強迫推銷。而科技產品的傳聲筒又不像血肉之軀的狗嘴那麼容易疲勞，一放就多少小時都不走音、不變調，句句原音重現。使你再堅強的神經中樞，都會被它摧毀；再平靜如止水的心靈，都會被它掀起波濤；再好的修養，也會忍不住要憤怒。即以我們這兒的遭受爲例，我們是在前一天晚上的午夜就被一長串鞭砲聲吵醒，此後便終夜在一片呢呢喃喃，說是唱嗎又不入耳，說是誦嗎又聽不分明的嘈雜下欲罷不能的轟炸，怎不叫那位住得最近，受擾最深的年輕人氣得咆哮呢？

我不知道那位年輕人跑到山坳那邊去的結果如何。祇知道我在一個半小時以後再回到那個路口時，那種喃喃的誦經聲並沒有停止，祇是在大白天的各種雜聲下抑低了一些而已。我想：該不會是那個年輕人跑到半途忍住憤怒，悒悒而返，避免掉一場風波；或者是去了以後，人家相應不理，年輕人莫可奈何的折回，還是去交涉時停了一下，現在又已再繼續，總之，我仍然聽到那種急速的喃喃聲。

在爬坡返家的路上，不知怎的，我忽發奇想要是眞有神的話，神也該厭煩他們這種無盡的呢喃了吧？而且聲音還不是出諸於他們自已的嘴巴，而是一具毫無體溫的傳聲筒。這種缺乏誠意的祈求，神難道也會應允？神也是愛靜的，那裏會容得下他們這種破壞合境安寧的大聲吼吼，不然古刹名寺爲什麼要藏身山林？

乘車隨想

自從年初換了一個工作環境之後，每天耗費在來往行程上的時間大增。這還不說，一般人常常抱怨的等車、轉車、乘車之苦，自已總算有了親身的體驗，也才想到從前那種每天有交通車接送，車上有寬敞的座位，適切的空氣調節，可以隨意交談的熟面孔，是多麼安適的一種享受。

可是當時卻一點也不滿足，一切視爲當然。祇要那天發車稍有延遲。或者雨天時司機先生沒有靠攏屋簷停車，淋上了幾滴雨，就會滿肚子的不高興，不是埋怨調度車輛的人不盡職，就是怪司機先生太粗心。

要是想到今天一大清早，不論風雨就得去等公車，車子來了之後得使盡混身解數擠了上去，腰間得忍受學子們硬書包的梗痛，兩手還得像落水求救似的亂抓東西扶持，夏天擠得一身汗臭，多天嘗盡各色的體香，還有司機先生不穩情緒，車掌小姐的冷漠面孔，就會曉得我們有時眞是人在福中不知福。

這種乘車的痛苦從前自已不曾體會過，當然更不會想到別人，現在有了經驗，才詫異我那畫畫的長女，究竟憑的是什麼能耐，渡過她那長長三年的高中求學生涯。

女兒高中讀的是臺北附近一家有名的美工科學校。從我們家出發要轉兩次才能抵達，每天上下學擠兩次車光背書包已經難覓立足之地，而她們學美工的還得背著一塊大畫板，到了高年級進入分科還得把一幅幅的油畫或大部頭的美工設計帶來帶去。有些油畫的尺寸比她兩個人都大。而她居然就是這樣每天來來去去的熬了三年，從來沒有聽到過一句怨言，成績也總是名列前茅，好像連影響操行成績的遲到都沒有發生過。

有天我就奇怪的問她當時拿了那麼大的畫怎麼擠公車，她聳了聳肩說，只有拼命早起，挨時間晚退，等尖峯時間未到已過才走呀；我從前祇知道她學三年美工，爲了趕畫熬夜是經常有的事。現在才曉得爲了乘車，還得犧牲別的時間。這孩子也眞辛苦過一陣子。

由於每日趕車，擠車車上的衆生相也見了不少。我乘的頭一段車程要經過一座大公園，終點站是果菜市場。差不多的時間，我都看到一位手持拐杖、走路歪歪倒倒的老先生，持着一張橘紅色的老人免費車票，從我那附近上車，到公園那一站下車，車中很擠，有時就是有人想給他讓坐也很痲煩。

有次我聽到有人問他到公園去幹什麼，他說到公園去走走，我想如果沒有那張老人免費車票，他是不是還會花這麼大的力氣到這麼遠的公園去走走呢？

時常還有一些老太太推着菜籃車，拎着大提袋，也是持着橘黃色的車票到果菜市場去買菜。她們上那麼擠的公車是爲了那小小的免費車票吧？

從前我看到公車聯營單位一說老人免費車票爲他們帶來了不小的負擔，就一直懷疑公車單位在報虛帳。現在才知道，確實人連到老也不會放棄任何可以佔到的便宜，何況這還是名正言順的社會福利。

我的第二段車程是從一個有名的廟宇地方轉車，過一座橋，從市區走入縣境。車內多半已經坐滿了一家私立學校的學生，他們一個個都儀容整潔規規矩矩的或站或坐，似乎都有很好的教養。祇是任何老弱婦孺上車，他們也仍是規規矩矩坐在那裏一動也不動。我想他們大概是功課太重了，而把同情關注這些美德忘得一乾二淨。

我知道他們都是一家聲名很好的教會學校的學生。我也看過其他學校的學生一樣有不讓座的習慣。但是連一向主張愛你的鄰人的教會學校的學生都不發揚博愛精神，還有誰敢奢求其他的人呢？

第二輯

豆與猪

香爐中的香枝氤氤氳氳的燃燒着，燭臺上兩支紅燭的光像在較勁，一邊閃動完，另一邊馬上全力投出。母親的遺像就在這光與煙交織的迷濛氣氛下，慈祥的望着我，看我隨着僧衆的梵唱，向她頂禮膜拜。

用這種方式來接近母親，是怎麼樣想到的連自己也弄不清。只知道當曉得母親確已不在人世時，便直覺的想到這座廟，便知道只有藉着在光與煙交織的迷濛氣氛下，在僧衆的梵唱與誦經聲中，才能把幾千里外的母親接引過來，把自己超越時空交投過去。至於什麼千里奔喪，親身執紼，連衝動一下的勇氣都沒有。

記得那天一早來廟裏試探有沒有這種接近母親的可能時，一眼就看到一個熟悉的身影，原來是同年退下來的老徐，頂着滿頭白髮在廟裏做事。他聽明我的來意，連說這種情形太多了，指着身後一塊黑板上排着的密密麻麻名字說：「都是幾十年不見的親人，來這裏做場佛事。盡盡心意嘛！還能怎麼樣？」

這時本來是強忍着一切情緒的，看到老徐那一臉無奈相，突然像點破了什麼痛楚的，兩隻眼睛再也關不住奪眶的淚水。老徐大概看這種情形看得太多了，趕忙把做佛事的三種方式拿出來要我選擇。我選了一堂地藏經，沒帶放焰口。老徐說，可以了。也不知他再說了些什麼，便到抽屜裏翻出了一張他自己手書的小紙條遞給我。我瞇着淚眼瞄了一下，上面恭整的寫着：

「孝『在生供養一粒豆，
勝過死後一頭猪』否則
子欲養而親不在
樹欲靜而風不止」

我在頂禮中一再向母親告罪，雖然這光與煙交織下的一切，決頂不上一粒豆的重量，但而今也只有如此。

一塊銀元

幾十年沒有回過家，千里跋涉回到家的時候，已經認不出那塊地方曾經是我生命最初十多年成長嬉樂過的所在，後面山上原來象徵風水鼎盛的幾百株的合抱大樹全都不見了，幾十間堂的百年老屋，如今只剩角落裏的一口老井在翹首問天。看來比我還老的幼弟，就在這塊祖先發跡的廢墟上，搭了一座草寮在勉度溫飽的日子。

兄弟兩人和從各地趕來和我相聚的五個妹妹吃過一頓難得豐盛的團年飯之後，幼弟在昏黃的油燈下，不知從那個角落裏摸出了一個只有半個巴掌大的小布包，他說這是媽媽臨終前千叮萬囑一定要留交給我的一樣東西，現在總算親手交給我了。他嗚咽地哭了起來，卻又像完成一件大事的顯出自在輕鬆。

四十多年沒有接觸過母親的體溫、沒有聽過母親的叮嚀，此時，還有什麼比能接近母親的遺物更令人心動？我像親自見到她老人家一樣恭敬的接過小布包，一股打從心底的暖意直衝腦門，幾乎是迫不及待地把布包一層層的揭開。

裏面露出的竟是一塊已經生了綠銹的銀元，和一張發黃的小紙片，上面歪歪斜斜地寫着母親的字跡：

「仲兒：這是你在九歲時連說夢話也在吵著要的一塊錢，媽媽一直替你留著。也算是我們董家留給你的唯一的一點家業。

母字」

看完字條，搓摸著那圓圓澀澀的冰冷金屬塊，我不知所措的愣在那兒。這是怎樣的一種罪孽呢？童稚時一個不經意的小小心願，竟勞母親如此一生沈重的記掛著，眼看時間不容許她親自償我宿願時，她該是多麼不捨而瞑目的吧？

九歲那年爲什麼做夢還會嚷著要一塊錢，委實已無法從龐雜的記憶中翻找出原因了。我問圍在燈下的弟妹，他們也都一臉的茫然，說母親從未提起。想來，九歲的孩子也不過是買本好看的書、添件新衣、看上一樣新玩具之類的微末意願了。可是在禦外侮的那種艱苦日子裏，即使一塊錢也是母親沈重的負擔。

遠方傳來了稀疏的爆竹聲，猛然我想起了什麼似的對二弟說：「過完年，我們找人來蓋新房子，媽媽的意思是要我們董家『一元復始』哩。」我把手中的銀元在空中揮動著，弟妹們發出的笑聲比遠方的爆竹聲更嘹亮。

水渡河

讀書寫字的窗外，面對的是一大片青翠的山林，每天聽鳥叫蟲鳴，看花開草長，筆下的靈犀常翩然而至。住在這高度繁華的都市，我能在這邊緣地帶，享受這塊最後的綠地，也算是福分了。可惜這種好景恐將不會長久，門前那塊臨近山腳的空地，半個月前已經有人圍了起來，本來尚在經營的菜圃，不出幾天便因乏人照顧被荒草霸占，看樣子要不多久，便會出現挖土機、水泥攪拌車，和一車車的鋼筋，等高樓從平地冒了出來，我便會再度和山林隔絕，與大自然分居了。

就在我爲未來的處境發愁時，這兩天的山林密樹間，不時傳來幾聲高吭的鳴叫，這叫聲是那麼的久違，卻仍是無比的親切：

「水渡河，水渡河，水渡河，水渡河……」

水渡河是故鄉長沙近郊的一處渡口，外婆家就在那附近，小時候祇要一聽到這種鳥的叫聲，就會想到外婆家裏去，去到那一片青綠的田野去挖紅薯，去到那臨近江邊的溪澗裏去捉魚蝦抓泥鰍。流落島上四十多年，從來沒有聽過這種鳥叫，怎麼會在這當口突然出現？難道是我去年返鄉時，牠悄悄跟著我的頭頂飛到這山林，不時叫叫，要我勿忘縱使眼前的美景雖好，還有故鄉的美景可期？

然而隔著一水之渡，故鄉的美景多年祇能從記憶中去翻尋。杜甫當年流落湖南時曾到過長沙，寫有四句詩道盡長沙之美，他說：

「夜醉長沙酒，曉飲湘水春。
岸花飛送客，檣燕語留人。」

我與杜甫反是，去年初是從流落中回到故鄉。以童年的記憶來對照，發現長沙確實是成長發達得不可思議，幾乎已到了陌生的程度。我一一拜望了兒時的舊居和街道，卻一點也尋不到舊時的痕跡。但是由成長帶來的喧囂髒亂已經像傳染病般慢慢侵蝕到這個本來寧靜文明的濱水大城，雜亂的副都市陰影已經擴大到四鄉郊野，工廠的烟囪已經在江邊一根根林立，連岳麓勝景也蒙上了工業文明的鉛華，慢說杜甫時代的岸花檣燕已隨工部先生遠去，湘江裏的水怕也沒有人敢隨手舀起掬飲了吧？

唯一告慰的是偏遠的鄉間情形尚好，田疇仍綠，湖水亦清，祇是童年時攀援過的數人合抱的大樹，全早已化作歷史的塵烟，破壞後的生態正由新植的青枝在慢慢茁壯的修補。但明淨的天空，仍是那麼塵埃未染，令人醉倒。一夜我起床小解，看到天空衆星羅列，一顆顆又大又亮，接近得好像伸手就可摘下，而襯托的背景，一片蔚藍，那麼幽深夢幻，我新奇得叫了起來，這可是幾十年睽違的奇景了。

聲聲「水渡河」的鳥兒呵！如果你啼喚的是那一片可以回到童年舊夢，未曾汙染，未曾破壞的寧靜祥和，倒是我這漂泊得疲憊的心靈所急需投靠的。被折騰得近乎鬆散的骨架是再也經不起任何抖動的呵！

媽媽的甜鹹酸梅

我家門口的池塘邊上有好大一塊菜園子，園子的四週都種上菓樹，有桃、有梨、有李子、有梅子、還有枇杷。一到春天，枇杷結實最早，然後是開過花後的桃子、李子、梅子，露出小小的菓實。這些水菓都長得不好，總是還沒有發育得很成形，就乾扁扁的瘦了下來，再也長不大。祇有那株梅子樹，大概是佔地利之便，就在堆肥坑的旁邊，不但結實纍纍，而且都長得又大又圓。我們這些嘴饞的孩子們，常常會望著滿樹的梅子亂想，要是這些結的都是桃子、李子或枇杷和梨該多好，梅子實在太酸了，結得再多再大也不想吃，有時候實在閒得無聊，摘下一顆看起來會比較甜的來嚐，也祇用牙齒小小的剝下一口，嚼了兩下，就會酸得趕快隨手丟掉。

酸酸的梅子沒人想吃，媽媽可不會讓那麼好的梅子白白的爛掉、壞掉，她會叫我們把成熟的梅子都摘下來，放在大竹盤裏去曬，等到曬得皮起皺，肉轉黃，她就開始做糖漬梅子和鹽醃梅子。媽媽做梅子很有一手，孩子們每年就等這個梅子成熟季。

做糖漬梅子比較複雜，等梅子已經乾得差不多時，媽媽總是要我們到菜園子裏去摘許多紫蘇葉和紫蘇嫩尖回來，洗乾淨，陰乾水分。然後又到鎮上去買幾斤白糖回來。那時候生活非常艱苦，我們平時很少吃得到糖。現在一下子就買這麼多，我們看了都流口水，還沒吃就甜到了心裏。

媽媽把一層梅子先放到罎子裏，上面放上一層糖，然後鋪上一層紫蘇葉，再放一層梅子，撒上糖，又鋪紫蘇葉，一直到整個一隻大罎子裝滿爲止，才把罎口蓋上封起來。做鹽醃梅子就比較簡單，把放進罐子裏的梅子撒上鹽卽可。媽媽做鹹梅子做得很少，祇那麼一小罐。

糖漬的紫蘇梅子要等很久才能吃。一直要等到裏面的糖都溶化，浸透紫蘇葉，浸透梅子，菓實和葉子都浸成了一種紅紅的透明稠狀液汁，發出紫蘇的特有香味。而鹽梅子醃過一段時間就會拿出來曬，一直曬到焦乾。可是儘管鹹梅子曬在外面，隨手就可拿來吃，而紫蘇梅子密封在罎子裏，我們孩子們誰也不去動鹹梅子，一心祇等那色香味俱全的紫蘇梅。

等兩種梅子都做好，媽媽就會把紫蘇梅子拿來給大家吃，把鹹梅子裝在罐子裏擱到五斗櫥上。媽媽自己是兩種都不吃，總是說牙口不好，既怕甜更怕酸。媽媽的牙齒常常痛是眞的，媽媽怕鹹更是出了名，有時候菜裏面有了沒有化開的鹽粒被她吃到，她會嘔吐得連苦水都吐了出來。現在她祇是很開心的看著我們吃她做的甜甜的、酸酸的，色澤像紅水晶的紫蘇香糖漬梅子。

一直到那一大罎紫蘇梅被我們貪饞的吃光，一直到春去秋來，田裏面的收成收了兩次，媽媽做的另一罐鹹酸梅，一直放在五斗櫥上，誰也沒有動過，甚至大家都已經忘記了還有那麼一罐可吃的東西。

直到有一天我才發現媽媽做的那罐鹹酸梅的秘密。

那幾天小弟弟出疹子，整天發燒發冷，一直都要媽媽抱。媽媽白天夜晚都不離手的護著他，還要做一大堆家務事。爸爸在城裏做生意不能回來幫忙，連田裏的耕作，照顧牛欄豬圈和一大羣鷄鴨都要靠媽媽指揮長工和我們這一羣大孩子來完成。一直不停忙碌操勞的結果，媽媽長年的牙齒痛這次犯得更嚴重了，半邊臉都腫了起來。我總看到她不時用手捂捂那半邊臉，一副痛苦難當的樣子。

那天晚上，媽媽抱著好不容易哄睡熟的小弟弟，輕聲細氣的對我說：「仲伢子，幫我到五斗櫥上的罐子裏拿一粒梅子來。」

我聽得嚇了一跳，那種鹹酸得要掉牙的梅子，媽媽正牙痛時要拿來吃？媽媽看得出我的疑慮，直說：「沒有關係，快去拿來。」

我順從的爬上五斗橱，揭開罐蓋，發現罐子裏的鹹酸梅已經少了很多。我拿了一粒送到媽媽面前。媽媽要我把梅子剝開，把裏面的核拿掉，然後把菓肉攤平，她張開了嘴巴，要我把梅子肉包在那顆痛牙的地方。我看到媽媽的牙齒週圍又紅又腫，還冒出血絲。媽媽趕快把嘴巴合攏，還抽出手壓壓那塊臉腫的地方。我看得出她臉上那種痛徹心肺的表情，眼睛裏忍著一眶淚水。

我做完站在那裏表情都呆了。媽媽怎麼會這樣呢？這不是火上加油嗎？

媽媽看我站在那裏一直不走，慢慢張開嘴說：「沒有關係的。這樣猛痛一下，等下就會不痛了。我試過多少次。你去睡吧！」

眞的我一點也不懂爲什麼猛痛一下就不會再痛。我祇記得大人們經常說的一句很嚇人的話：「牙痛不是病，痛死沒人問。」媽媽有自己的秘方治得自己的牙齒不痛就好了，我們少不了媽媽，我才祇有九歲。

百靈鳥

那一年，五嬸的腋下突然長了一個膿瘡，有碗口那麼大，流膿淌水，痛苦難當，怎麼樣也醫不好。

我們家是個大家庭。五叔是我們家唯一的一個讀書人，能寫文章會作舊詩，一手顏體字，人見人誇。他又是集幾房的寵愛於一身。他是我祖父的獨生子，卻過繼在滿叔祖的名下，因爲滿叔祖母祇生了個雲姑。而排行老三的我的父親本來是五伯祖母的第二個兒子，卻又過繼在我祖父的名下承繼香烟。這種交錯的過繼，形成了一種愛的連鎖，一房有難，全都關心。所以五嬸的生毒瘡成了那時全家上下的注視焦點，反正能夠找得到的醫療方法全都找來醫，可是毒瘡卻日漸擴大，五嬸的整個手膀子都腫得發紫，祇能躺在床上呻吟，動彈不得。

在一切辦法都用盡之後，有人建議找周半仙來爲五嬸的病問個吉凶。周半仙是我們鄉下的一個遊方相士，專門給鄉人算命看相推八字。據說他能鐵口直斷，靈得不得了。最妙的是他有一隻百靈鳥，由百靈鳥口啣算出的吉凶徵兆，是百算百靈。可是周半仙遊走四方，說不定半年一年還輪不到到我們村子來一趟。現在突然想到了他，就祇有慢慢的等了。那種等，眞是像等神仙下凡一樣的急人。可是五嬸的病一天嚴重一天，眼看等不及了，祇好派人到四鄉去打聽，看到就把他請回來。最後總算在靠近臨湘的一個鄉下，把他老人家找到，用轎子把他抬了回來。

周半仙頭戴一頂瓜皮小帽，身上穿件黑長褂子，脖子下吊著一付老花眼鏡。全身上下看起來都是油膩膩的，還沒有近身就有一股衝鼻的酸臭味飄了過來。可是全家無論老少都向他圍了過去。當然不是看他，而是爭著看他手裏提的一隻小鳥籠，籠子裏那隻蹦上又跳下的百靈鳥。大家心裏都奇怪這麼一隻鄉間到處可見的鳥兒，會有怎樣的神通，會爲五嬸的病找出一點端倪來。

出面向周半仙求告的是我的祖母。她老人家把衆人排開，端張椅子坐在周半仙的對面。周半仙問過了五嬸的生辰八字，祖母道出了五嬸的病情以後，只見周半仙一邊掐指，一邊口中唸唸有詞，一忽兒又沉思，一忽兒又望天。四週的空氣隨著他的表情而越來越凝重，祖母手中的唸珠，捏得更緊，撥得更快。最後，周半仙似乎無可奈何的說，我們看看百靈鳥怎麼說吧？

他把放在八仙桌上的鳥籠挪近了些，然後在他那個不離手的大皮包裏，拿出了一個小布包，打開布包裏面是個長方形的扁盒子，那裏面排放著滿滿的像葉子牌樣的小紙片。他把紙片盒放在鳥籠的小門旁，然後又取出一只小布口袋，從裏面拿出幾粒米。這時籠子裏那隻百靈鳥跳蹦得更活潑了，彷彿曉得他的主人會有什麼行動。

周半仙終於很小心的把鳥籠的小門向上拉開了。小百靈鳥興奮得在裏面亂跳，跳到門邊，伸頭探了探，又縮了回去，在籠裏繞了一圈，再跳到了門邊，很勇敢的跳到了那盒小紙片上面，走了幾步，然後用嘴到處啄，啄了一張紙片，用嘴啣了出來，周半仙趕快用手把一粒米塞進百靈鳥的嘴裏，百靈鳥仰頭吞了下去，跳了兩下，自己又走回籠子裏，周半仙把鳥籠迅速的關上，拿起了紙片。

這眞是最緊張的一刻，圍在四週的人彷彿全都一下子啞了似的，沒有半點聲音。連一向成年咳嗽的四伢子也憋住嘴巴不敢呼一口大氣，周半仙把紙片拿在手中看了看，臉上終於露出笑容的對祖母說：

「老哀姐，你老人家可以放心了，五媳婦的病一定會好。你看百靈鳥給你啣出的是『春和景明』，這是個頂頂大吉的兆頭哩。」說著他把紙片上的字拿給祖母看，那上面果然端端正正的寫了四個字「春和景明」。

「那你看，到底要到什麼時候會好呢？拖得夠久了呀！」祖母憂心的追問。

「我看，頂多到開春暖和一點就會好。到時候一切兇煞厄運就會走完，從此吉祥順利。這一切都是件您老人家的福氣呀！你看您這一家人丁興旺，和氣呈祥，眞是『福祿盈盈氣象新，興家發達在其中，偶有災星來應命，來得明時去得輕』。莫要緊的，小災小難一下子就會過去。求求菩薩保佑，找個好郎中看看，就會逢凶化吉。」周半仙一口氣把話解釋完。

祖母還問了一些別的，周半仙都用同樣安慰鼓勵的口吻回答。臨去時，祖母奉上了一塊銀元的紅包，還用轎子把他送到要去的臨近鄉鎮。

可是五嬸的病並沒有如周半仙那隻百靈鳥所啣來的「春和景明」，反而越來越惡化。還是五嬸的娘家堅持把她送進了城裏的醫院。醫院檢查的結果那是一種惡性腫瘤，細菌已經擴散到其他部位，連切肢也來不及。結果沒到春初就死了。

五嬸死後全家陷於一片哀寂。祖母卻認爲「萬般都是命，半點不由人」，即使萬靈的百靈鳥也不會告訴實情。

童年有夢

那幾天我們全家上下都被我的一項異常舉動鬧翻了天。雙目失明的老祖母頻頻向觀音大士卜卦，問我是不是中了邪。一向嚴肅權威的老祖父，則硬指著我看的那一堆書是異端邪說。

最驚慌的是媽媽了。她大驚失色的說我半夜三更都在喊要搬到毛姑家裏去，要喊毛姑作媽媽？她狠狠的刮了我兩耳光，才把我打醒。

毛姑很漂亮，她待我、疼我勝過家裏任何一個人。

毛姑家住在城邊上一棟有花園綠地的二層洋樓裏，裏面窗明几淨，陳設新穎，寬大又舒服，比起我們鄉下住的農舍，眞是另一個美麗新世界。

然而，這些都不是我吵著要去毛姑家裏的理由。我是爲毛姑家那一間大書房著了迷，還有，對書房裏那個閒雲野鶴似的姑爺感興趣。

姑爺是上海美專畢業，又是詩書世家，更是新派文人。家裏面的書，整面牆的擺列，而且古今都有，更多的是當時新文學運動一些名家的作品，再有就是外國來的許多畫報和雜誌，我這個鄉下來的孩子到了那麼個琳瑯滿目的書的世界眞是看都看呆了。每次到了毛姑家，我就被書房吸引在裏面，連吃飯都叫不出來。

我那個毛姑爺更是個謎樣的人物。他居然沒有做任何事，整天就守在書房畫畫、練字和看書。書房雖然很大，可是滿地都晾著他畫好的畫和寫好的字。他畫的新派水墨常常使我看不出什麼東西，卻使我興起許多怪的聯想，他誇我說，我是他的知音，他說他畫的本來就是要讓人看是什麼就是什麼。他的大書桌的一邊擺著一架話匣子和許多唱片。他的休閒就是跟著話匣子唱戲。有一次梅蘭芳來城裏公演，聽說毛姑爺去搭配了一齣戲，可惜我從鄉下趕到城裏時，他們已經演完了。但是我從姑爺的話匣子裏也偷學到不少戲詞。

我在鄉下要讀書，還要上私塾，不可能時常到城裏去，祇能借些書帶到鄉下偷看。愈得不到的東西就愈想，想到後來就吵著要去當毛姑的兒子。以爲當了毛姑的兒子就可以終日親近那個著迷的書房，過毛姑爺那樣書生的日子。

照說小孩子這樣的夢想並不值得大驚小怪，怎麼還會引起全家人都起來強烈反彈，原來問題出在毛姑爺身上，還是媽媽在說我時透露出來的。媽媽說：

「你認爲姑爺子是好人哪？他在外面討了個小老婆，一直想要搬進毛姑媽家裏去住，你曉不曉得？你要跟他去學嗎？他就是讀那些洋書學壞的。」

我那時才九歲，對一切新奇的事情都有不同的幻夢，但是大人的世界太複雜了，那裏分得清他們眼中的好事壞事。一切都祇有聽媽媽的了，媽媽是我的百科全書，我得先把家裏這本大書讀懂，再去做夢。

結

天氣燠熱得就像走在火龍的背脊上。手上提的東西越提越重，兒子臉上的不悅和他脖子上的青筋一樣分明。本來像這種送東西的事情，有我一人提去就可以的，妻怕我年紀大，天又熱，硬要兒子陪我送一趟。還沒出門，兒子的不解，就被他媽頂了回去：

「你管乾爹帶到那裏去？幫爸爸交給他就行了。」

好不容易走下山，趕到了公車，兒子坐在一旁只擦汗，嘴巴翹得可以掛隻油瓶。車子走了沒幾步，啌嚨一聲，掉進了泥坑，吼了幾下才爬出來。

「爸，乾爹這次到臺北來，就爲買這麼個罈子呀？」兒子手忙腳亂的護著手邊的紙箱，蹦出了這麼一句。

「原本是來看受訓的阿輝的。你見過，他那文質彬彬的老二。」車子又顚了幾下，我抓住了椅背努力的回答他。

「呵！」沉默了半晌：「那怎麼又想到要買這個呢？」

「還不是前天你山岑叔叔來我們家 。他說他醃的罈子菜和成都青城山老家醃的一樣道地，你乾爹說他也會，就是在竹山那個地方買不到四川那種汲水罈子。山岑告訴他南門市場有得買，等那天替他捎一個來。他那裏等得及，昨天一下午就到南門市場去找，找著了今天才去看兒子。」

兒子又「呵」了一聲。車子已經到了長安東路。熱浪一股股只往車裏衝。有好長一段時間兒子都慭著嘴，直到過了中山北路口。

「爸，乾爹都已六十好幾了吧？」

「對。比我大四歲。」

「眞怪。」他頓了一下，把頭往車窗外伸了伸，像是看車到了那裏。「你們在外面闖了四十多年，還念念不忘什麼家鄉味。」聲音放低得像在自言自語。

我愕了一下，像突然挨了一鞭子，從來沒有想到這也是個問題。還好。只容我思索那麼一陣，車子已到了後車站，遠遠就看到他乾爹滿頭白髮在車牌底下等。

「對不起呵！只不過多交代阿輝幾句，就把時間躭誤了。害你們專程跑一趟。」公車門一打開，就傳進了他的聲音，一邊伸進手來接紙箱。

「提這麼重到宜蘭，明天又提回竹山，多累！放在臺北，找空我給你送去好了。」我看他原本的提箱外，又添了好幾隻紙袋。

「不會啦！我帶到宜蘭去就要給我那老鄉看看。找這種罈子我找了好久了。」回頭像突然看到兒子似的說：「小偉，下次再來時嘗嘗乾爹作的泡江豆、酸茄子。保險你吃過還想再吃。」

兒子杵在那裏像一根石柱。他乾爹走時，連手都沒有揮一下。我知道他心裏那個結，這時已經脹大得，連他全身都綑住。

石頭的機遇

友人從南京回來，他說沒別的可帶，衹捎回幾粒南京的特產「雨花石」供我把玩。他的盛情眞是感人，我從來不曾把玩過任何東西，除了這支禿筆，樂此不疲的讓我在指間耍了幾十年。

他送的這幾顆小石頭眞是漂亮極了。有的淺藍中帶幾絲白色紋彩，煞像女媧補天時遺落下的一小塊；有的紅豔豔的像一團凝血，讓人懷疑是不是從黛玉口中咯出的那塊血痰。還有一塊小巧精緻，一頭尖長，一頭平突，灰青的色表，極像一隻乖順的鴿子。我把這些可愛的小石頭裝在一隻青瓷淺碟裏，和一些其他的小擺飾，一律平等的陳列在客廳的橱櫃上。

美的東西，衹可欣賞，不能把玩。

過了不久，友人又來我家，他看到青瓷淺碟裏面的「雨花石」，非常惋惜的對我說：

「怎麼你沒把它們放在水裏面？」

「怎麼？一定要放在水裏面嗎？」我吃驚的反問。

「石頭放在水裏面才更好看呀！」

原來，連看一些石頭也有一番講究。

於是，我們便趕忙找有水的地方。一眼他就瞥見了熱帶魚缸，像眞的發現了水源似的，把一碟石頭一顆顆的往水中沉放，每沉一顆，魚羣便興起一陣騷動，四處驚慌逃竄，大概是牠們有生以來從來也沒有見過的大震撼吧！會有一個個比牠們身體大好幾倍的重物，從外界降下到牠們的小天地裏來。

「怎麼樣？現在的石頭是不是比乾擺著更好看？」等魚缸中一切恢復平靜之後，朋友得意的問我。

現在的石頭是一顆顆散落在缸底舖就的白色沙粒上，上面有日照樣的光源從水中折射，背後有青綠的水草植物隨水泡款擺；不時有斑斕七彩的熱帶魚悠游其旁，或奇怪的用嘴碰碰，或偏頭擺尾的左右觀瞧。確實，這些石頭比在淺碟中乾躺著要更爲動人了。這兒是一個有生氣的多元社會，嫻靜的石頭似乎也得跟著環境的改變，搔首弄姿，惹人多垂顧一番。

人們常拿「如魚得水」來形容機遇的可貴。其實石頭遇水恐怕比魚更爲有福吧！想想當初要沒有水的發掘，恐怕這些石頭還沉埋在深山幽谷，永遠見不了天日。當初要沒有水的千般琢磨，這些石頭恐怕還是滿身疙瘩，晦暗不明，那能像現在這樣光滑圓潤，色彩光鮮。

原來，水一直是石頭的機遇。我終於懂得朋友的那句話：

「石頭放在水裏面才更好看！」

塞在膝蓋裏的東西

右膝蓋不知怎麼會不舒服起來，尤其上下樓梯時，祇要膝蓋一打彎著力，便好像裏面塞進了東西。

這麼幾天之後，我有事沒事的和老妻提起，她一聽一家之主有了問題，那還了得，立卽押了我去見醫生。

醫生是一位中年人，看上去經驗老到，他抬起我的腳踝一番拉捏伸縮檢查之後，問我：

「你走路是不是很快？」

我還來不及回答，妻在一旁急著答話：「他呀！走路總是在搶，連散步也像在賽跑。你沒看他上下樓梯，兩級三級的往上躥，三下兩下的往下跳，永遠在趕。」

醫生聽了，意味深長的笑笑對我說：

「年紀都一大把了，還要那麼趕嗎？」他拿起筆開起處方來，一邊接著說：「沒什麼大毛病，骨膜有點發炎，吃點消炎藥。記著，走路以後放慢點，急什麼嗎？有什麼好趕的？」

幾天吃藥下來，膝蓋倒眞是好了，但是那原來塞在膝蓋裏的東西，彷彿一下子都移到了心上，此時心肌的梗塞，比行路困難還更不舒服。

眞的，到底在趕什麼呢？永遠是那麼急吼吼的。

有人說：長的是磨難。
　　短的是人生。

是在趕長長的磨難，還是在趕短促的人生？

有人說：過了這條河。
　　就再也沒有這座橋了。

是在奮力涉水渡河，還是在頑抗橋上迎面堵來的風雨！

有人說：四時可愛唯春日。
　　一事能狂便少年。

是在趕赴那越來越少的春日盛宴，還是在強作狂佯追回走遠的少年？

粗略看來什麼也不是，仔細想來什麼也是。總之，是有那麼一股不服氣的脾性在驅趕自已拼命的急起直追，追那永遠永遠渺茫，永遠擺在前面的蜃樓海市，忘卻了那被利用去追逐的工具一個個開始要鬧罷工。

還是那位骨科醫生說得對，「有什麼好趕的嗎？」他沒有接下去告訴我，「該有的，終歸會有，不該有的，追也追不到。」因爲那是宿命論者的藉口，務實的醫生是不能說出的。

現在，我上樓梯也像在散步。

裏子老生

早年的時候，我曾在西北的一個不小的城市住過一陣子。那個地方雖然不小，可是精神生活極爲荒涼，連圖書館都沒有一間，報紙則只有一份四開的軍報，沾不到一點藝文氣息。還好有個平劇團在經常公演，看戲便成了我們平日唯一的文化休閒。

我們住的地方是在一列店鋪的後院。店鋪中的一家羊肉館子生意非常好，很多人都在這家館子裏包飯，光是中午那一餐就可賣掉兩隻全羊。人多的時候，屋子裏坐不下，顧客就端著大海碗跑到我們後院來蹲著，站著吃將起來。反正都是羊肉泡饃，或羊肉湯配鍋魁，在哪裏吃都一樣。

那個劇團的一些演員也是這家館子的座上客。不論是午場或晚場，他們都要打從飯館經過，吃完就去上戲。

我們住在後院的人，白天吃飯會和他們碰面，晚上又去戲園捧場，大家都慢慢熟悉起來。談得來的，有時也趁空檔到我們宿舍坐坐聊天，談談他們舞臺上的苦經，有時也給我們這些戲迷指點指點。

有一個唱老生的，人非常儒雅，年紀也不輕，唱戲中規中矩，可就是始終卯不上勁，常常給人有溫吞的感覺。我們常常為他嘆氣，認為憑他的扮相和唱工不應該是那個樣子，也就是說我們認為他應該有所發揮才是。

有一天飯後，離他們上戲的時間還早，他和一位拉二胡的琴師一塊來宿舍聊天，也不知是誰戲癮難耐，鼓噪要他為我們清唱一段，他起初不肯，我們又央求琴師為他操琴，他才在琴師的伴奏之下，為我們唱一段「宿店」，那是〈捉放曹〉一戲中老生最吃重的一段，也是最精彩的一段。但是，正式在臺上，我們從來也沒看過他唱這一段，他永遠只能扮那齣戲中的呂伯奢，一個被曹操起疑所殺的忠厚小老頭兒，戲詞只那麼短短幾句。

他這段「宿店」居然唱得勁道十足，不但字正腔圓，而且極有韻味，比起他們劇團那位當家老生毫不遜色，甚至有些地方的行腔還別有講究。我們都聽得如醉如癡，也都奇怪，為什麼現在的他和在臺上的他像是另外一個人，在臺上的他為什麼沒像現在這樣的突出。

他唱完之後，我們打從心底為他喝彩了一番。同時也就把心裏的疑團向他抖出來，問他爲什麼臺上臺下判若兩人。他只謙虛的連聲說獻醜、獻醜，不再多解釋一句。倒是琴師憋不住替他說話了。

琴師說他的角色是所謂的「裏子老生」是爲別人挎刀的。唱做再好也得保留幾分，免得搶掉主角的光采。當配角的是不能搶戲的。這是行規，也是所謂的職業道德。

聽完琴師的話，我們才知他在臺上的溫吞是他職業上的必須，爲了做戲他得一直有雅量的這樣委屈自己。我們心裏對他的疑團立時化成了一股敬意，對他更生好感。

現在，走過了大半生之後，我發現類似裏子老生這樣的角色簡直太多了。他們委屈的篤守崗位，不忮不求，才眞正是社會進化的最大原動力。整個人生的這齣唱不完的大戲是少不了他們的呵！

幾卷詩・一桿筆

小時候，常常在餐桌上聽到大人奚落小孩子的兩句話：

「魚上桌時，魚是他的命。
肉端上來時，命也不要了。」

很淺白的兩句，無形中道出了人對好惡的難以把持。

我讀中學時，狠狠的沉迷於京戲過。那時成天尖着嗓子唱〈女起解〉；劇社公演時，在〈賀后罵殿〉一戲裏，演一名只有一句臺詞的大皇兒，都沾沾自喜；而心裏終日夢想的，卻是能有一張自扮鬚生的劇照，爲那種頭戴方翅紗帽，身著藍緞官衣，足登高底粉靴，手持摺扇的造型心儀不已。但是等到年歲漸長，視界開闊時，卻又成了一個標準的西洋古典音樂迷，成天趕各種音樂會，留美回來時，行囊裏別的全沒帶，只是一架當時最好的立體聲唱機，和幾十張昂貴的原版古典名曲唱片。

由於心智的漸漸長進，和環境會對人的偏好有所左右，人到中年對於一種事物的最愛或最不愛，最後總是經過一番挑選，當年最愛的往往只能作爲一種陪襯，不會再一往深情。我直到四十歲以後，才幾乎不顧一切的，一頭鑽進了詩的天地中，也始才發覺，只有詩，才眞正是我「今生今世，唯一廝守的原配。」

我讀詩，詩是迷幻藥，從詩中我找到最大的享樂。躲到詩中，我才能避開世俗的喧囂和紛爭。讀杜詩，我是他詩中那隻沙鷗，飄飄在野闊星垂，江流月湧的天地之間。我成了他詩中飽受戰亂的賤民，經他悲天憫人的訴怨，獲得釋慰。讀李賀，我也是「頭上無幅巾，苦蘗已染衣」的那名凡夫，逍遙得如飲清溪之水的那條從容的魚。

我寫詩，縱身在思維的大化中，爲隨時撞擊我的天光隕石，地氣寒流，捕捉下我炯戒的火星，予以錄影賦形。我寫詩，讓詩的不斷新生進駐我肉體的日益老化；讓詩的能言代替我口頭的沉默；追求詩的不朽，取代短暫的虛榮。

幾卷詩，一桿筆，讀讀寫寫，悠哉游哉，天地無窮，是爲我而今至愛的人生之境。

她是一首詩

是一首詩，是一首絕妙好詩。

不是說明性的散文。不是枯燥乏味的評論。不是情節複雜的小說。不是條理堆成的分析報告。是一首詩，綜合了鋪敘正、用意深、琢句雅、使字當、下字響、波瀾闊等等的好處和優點。

如果你問我對女人的看法，我說她應該是一首詩。我用的是我習詩的標準。當然這絕對是一種偏見。

是一首詩，像詩一樣，她應有幾分神秘性。不是大開大闔、一清見底。她雖然大多數時間透徹玲瓏，卻仍蒙上一層朦朧的霧紗，摸不到、搆不著，如空中之音、水中之月、鏡中之象。她時時讓你想去瞭解她、親近她、捉摸她，她卻總在燈火闌珊處。衆裏尋她千百度，她卻是花前月下最難捕捉的影子，留下的永遠是對你無窮的吸引。

是一首詩，像詩一樣，看似柔若無骨，卻有「梧桐月向懷中炤，楊柳風來面上吹」的實質感。是一首詩，只是幾行無力的文字，卻具「有時三點兩點雨，到處十枝九枝花」的生機造化功能。是一首詩，雖然看來無煙、無火、無刀、無劍，缺甲冑、少士兵，卻有「陳兵劍閣山將動，飲馬珠江水不流」的無形豪壯實力。是一首詩，她的內涵功夫，從不炫耀，只有讀到她時，她才給你感受。爲愛關懷時，她才展現出來。

是一首詩，像詩一樣，絕對讓天賦的本體來決定自己，肯定自己，她以自己擁有的本性爲榮。她可以讓別的人來學習模倣她的長處，捕捉她詩般深沉感人的意象經營方式，仿冒她詩中嚴謹有致的格律音韻。她絕不妄自菲薄，譬如強裝論說的強悍，巧扮散文的瀟灑，剽學戲詞的油滑。她是她自己，一首詩，不必向別的爭取什麼。不經修飾，不刻意求新，就已夠美、夠眞。她始終維持一首詩，不，一個她應有的形象。

她是一首詩，一首絕妙的好詩。

也是一條龍

平日一向溫柔恭順的妻，前兩天居然向我表示不滿了。不滿的原因是我忘了她的生日。甚至連我不懂得體貼，不會藉機會慰勞終年辛勞的太太的話都說了出來。這是從來沒有的事。其實我和她結婚這二十多年來，忘記她的生日也不是第一遭。往年我也從來沒有在她的生日獻過殷勤。過去也就過去，她也從來沒有追究過。今年爲什麼會突然對她自己的生日這樣感到重視？眞是說不上來。不過我想這大概和她近來的白髮大增有關係。歲月的漂染劑已開始闢頭撒下來，多少對心理有點威脅。在早幾年，她和女兒一塊出門，還會聽到眞像一對姊妹花的讚美，常常樂得她忘了自己的生辰八字。現在走出去，女兒是女兒，媽媽是媽媽，一眼就判別，好景不再了。我逮住了她這種其實是懼老的心理，輕描淡寫的對她說：過什麼生日嗎？越過會越老，像數錢一樣，數一遍就會少一個。這兩句話果然奏效，只換來一個白眼，不再數說我的不是。

我雖然癡長了這麼五十多歲，其實除了小時候長尾巴時，母親替我煮個蛋吃，算是賀我長了一歲外，我自己眞還沒有做過一次生日。不過生日倒並沒有特殊理由，年輕時，成天漂泊不定，沒有時間想起生日這回事。及至年長，又感到時間越來越珍貴，過一年就少一年，就怕去數時間的腳步。我有一個親戚年齡與我不相上下，論輩份卻比我長一輩。他可是每年必做生日，一請就兩三桌。弄得我這個從來不做生日的人，常常爲難。記得那年我快五十歲時，他說人生難得半百，一定要爲我好好做一次五十大壽。他是開飯館的，眞要爲我開幾桌酒席，可說輕而易舉。可是終究還是沒有做成。原因是我們生辰都是記的陰曆。現在這年頭大家都忙，那裏還特別去注意陰曆是陽曆那一天。等到記起來再去翻，生日早就過去好久了。從前在我的老家，只有老年人才正式過生日。全家人會熱熱鬧鬧的慶賀一番。年歲越大，越舉行得隆重。但是眞正的壽星，多半反倒過一天嚴肅守戒的日子。從前我祖母過生日，家人爲她辦壽酒，她自己則唸一天往生咒，吃一天和尚齋，爲的是禱念她母親養育之恩。而今我不能做到這一點，已經是罪過，不言壽也是應該的。

但是現在的年青人卻最喜歡過生日，而且樂此不疲。我有三個兒女，他們都還是在學的年齡，平日的應酬應該不很多，可是他們卻常常忙於參加生日聚會。今天老三有人約，後天老大有人邀，永遠沒完沒了。有時我眞懷疑他們那裏會有那麼多人愛過生日，追問下來，才知他們有時是小學的同窗，有些是國中的死黨，還有就是高中的好友，參加救國團活動的相知，當然更少不了現在的同班知己。他們都好像惟恐自己長不大似的，每添一歲就大事渲染一番，把歲月的遭遞根本不當一回事。他們對時間的慷慨，和中老年人對歲月的吝惜成了一個強烈的對比。

前幾天讀《西子灣》副刊沙白先生對余光中兄的訪問，光中兄說他再過兩年到六十歲時，要做一次花甲之慶。這個消息觸起了我大約兩個月前的一段記憶。記得那天詩友張默兄邀我們到他家去看他新作的水墨畫，聊天的時候，洛夫兄也曾建議我們這些平常從來不過生日的寫詩朋友，到六十歲時大家一起好好慶賀一番。南北兩位大詩人無獨有偶的都有這種想法，莫非眞有心靈相通，歲月相襲的同感。我一直認爲自己是民國十八年生的，身份證上的記載也是如此。想想再過三年不也得邁入六十大關，正感到歲月的逼人時，一封儒弟的來信，卻告訴我還應該早一年就過六十。會從儒弟信中獲知自己眞實年歲也是偶然。因我自小離家，連父母親生日也不清楚。最近好不容易從海外獲知父母尙還健在。便請儒弟告訴我兩老的生辰，以便到時補盡一點孝思。母親得知不但把他們兩老的生年月日告知，連我們兄弟姐妹的生辰也一併寄來，且仍用舊時的干支紀元。原來我是戊辰年六月初四辰時生的，戊辰換成民國紀元應該是民國十七年。辰屬龍，原來我也是一條龍，卻一直把自己以蛇看待，眞是混噩之至。這樣看來，我也得和余光中，洛夫、羅門、季紅這一班十七年生的騰龍一起往六十歲進發了，想起我們從二十多歲起就一起意興風發的寫詩，都寫得快六十歲了，好快的腳步呀！不過我想，如果我們詩人朋友到六十歲時眞要慶祝一番，其意恐仍不在爲自己渡生，而是爲了紀念大家到了六十歲還在爲詩堅持吧？

鋼筆哪裏去了

女兒週末從學校回來，丟下了背包，別的沒有說，開口就問我要一支鋼筆。我納悶了半天，女兒都已經讀大四了，學的是美術，什麼毛筆、畫筆、針筆、炭筆、臘筆、鉛筆、簽字筆、國產的、進口的、大號、中號、小號，各色各樣的筆，那一樣不都是她自己想要就買，多久以來，幾曾再直接問我要過東西。我不解的問她，怎麼會突然問我要鋼筆，她這才說是用來練鋼筆書法，曉得我藏筆很多，看看能不能要到一枝現成的。我直感到新鮮，都已經是快大學畢業了，才想到要練鋼筆書法，早幹什麼去了。

中午我把一隻裝文具的抽屜打開，那裏面裝了很多盒尚未啓封的筆，都是我未退休前歷年獲得的獎品或禮物。好幾盒還是我在國外訪問時，一些機關團體向我們作簡報時擺在桌上應用的紀念品，上面有的貼有那個單位的標幟，有的則印上了團體的名稱。可是我一盒盒的打開看，發現裏面如果是單枝的都是原子筆，雙支的另外一支是鉛筆，居然十幾盒中，沒有找到一支鋼筆。這才察覺到這已經不是一個鋼筆吃香的時代了，原子筆已經不知不覺的接管了書寫世界。連帶的以鋼筆來作餽贈的時代似乎也已過去。

環顧四周，發現鋼筆確實已經只是少數人使用的書寫工具。現在大概只有簽支票時才會必須使用鋼筆，而那也是因爲銀行的硬性規定，據說是鋼筆寫的不會褪色。前兩年我還在公家機關服務時，簽公文也規定一定要用鋼筆。單位每年還發一支名牌鋼筆使用。實行前兩年，大家確實都遵規定用鋼筆簽公文，如果是用原子筆寫的，到了副主管那裏就會打退票。但到後來也就馬虎起來，我在退休前簽的公事全是用的原子筆，也沒遭到退回過，不知是上面體念我已屆耆老之年，不多作計較，還是根本已改規定。因爲事實證明原子筆的不褪色似乎比墨水更耐久，何況原子筆實在具方便實用的好處。我現在寫稿、寫信、寫日記全是五元一支原子筆作的工，筆蕊用乾卽丟，感到得心應手已極，從來沒有再起使用鋼筆的念頭。女兒在校應付那麼多功課，一定也是使用方便的原子筆，也難怪臨到要練鋼筆書法時，才要一支鋼筆了。

就像很多舊的代步工具被新起的快速方便交通工具逼得遭到淘汰一樣，鋼筆取代毛筆，原子筆又革鋼筆的命，原本是一種很自然的新陳代謝，但是想來鋼筆風光的時間也實在太短暫，抗戰初期我當毛孩子的時候，一般人寫字還是使用毛筆，學生用鉛筆寫筆記作算術，鋼筆非常罕見，只有少數洋派人物才會在長袍的襟合口上，或學生服的小口袋上挿一支鋼筆。我讀的是教會小學，對於那種洋派作風，自然也羨慕的不得了。但是那時鋼筆很貴，想要得到一支還是非常不易。我節省了好久的零用錢，也只夠到商務印書館買一支蘸水鋼筆，一瓶墨水，就這也夠自己陶醉一陣子，好像是沾到了一點洋派的邊。

眞正獲得一支心裏想得要死的鋼筆是在我讀高小時，那年因爲成績好得了個第一名，疼愛我的姑姑特別從外地買了一支鋼筆獎勵我。那時的鋼筆有「金星」、「關勒銘」、「新民」三種牌子，金星最好，關勒銘好像是進口貨，新民是普通級。姑姑賞給我的是一支新民。記得那天我從姑姑家裏得到了那枝想了好久的鋼筆，心裏簡直高興得要死，當下也就像當時的許多時髦人物一樣，斜挿入長袍的襟口上，叫了一部洋車趾高氣昂的回家去。回到家裏，那支別在開襟上的閃亮的鋼筆羨煞了全家人。堂兄弟們想看一下，想摸一下，我都不肯。最後還是母親看不過意，命令我把筆拿下來給大家瞧一瞧，我才好不情願的把鋼筆從衣襟上取下來，但是誰知道，抽出來的僅僅只剩一個筆套，底下那節筆身，早就在洋車的顚簸下，滑脫掉到不知去向。獲得一支寶貝鋼筆的樂趣，前後不到一小時，隨卽就跌入失望的谷底，足足傷心了好一陣子。時間一晃，這段孩提時代一支鋼筆得而復失的遺憾還鮮活心頭，而鋼筆本身卻漸漸失寵於人了，世事的變化是多麼快速呵！

我翻箱倒籠，終於還是找到了一支鋼筆，那是我退休前公家發的，沒有用上幾次，即因用慣了原子筆，而被冷落在一隻手提公事包中。我爲這支鋼筆慶幸，在閒置了這麼多日子以後，在幾乎完全被人遺忘以後，終於還能等到有重被重用的一日。幾乎是迫不及待的，我把它交給了我女兒的手中。但願她現在才練鋼筆書法，還不會太遲。

畫畫的女兒

前幾天一個晚上十點多的時候，女兒小魚從外面回來，一回到家走進玄關，鞋子還沒來得及脫，就指著客廳靠牆方向對我們說：「好棒呵！我今天從那裏賺到四千塊錢。」

她指的客廳靠牆方向外面是條大馬路，她又剛從外面回來，我和妻都以爲她是在那邊馬路上撿到了錢，便趕快追問她，錢是怎麼撿到的，附近有沒有人，那麼多錢要不要拿到外面去等一等看看有沒有人來找尋。……

她聽到我們絮絮聒聒的問了一大堆，完全不是她要說的那件事，便急得跺著腳解釋：「唉呀！你們想到那裏去了？我是說牆上我的那幅畫賣了四千塊錢。」

我們家客廳牆上掛的一幅畫是她學校的作業，分數打完之後搬回來掛在那裏的。是一幅卅號大的油畫，裏面畫的是以水果爲題材的靜物。一大堆柳丁、蕃茄、香蕉，放在一張舖著方格圖案桌布的檯子上；陪襯在後側的是一具摘了燈罩的檯燈，和一隻大肚酒杯，色調很柔和，裏面的水果也好像剛摘下來似的有生氣。

不過聽完了她的解釋，本來不太緊張的我，反倒突然落入了另外一種疑慮之中。女兒才是職校美工科二年級的學生，又不是名畫家，怎麼會有人買她的畫呢？而且畫又是掛在家中，人家怎會指明要買她的畫？這年頭什麼騙局都有，對於女孩子更是花樣百出，越想越覺得其中可疑。

「妳說妳這幅畫有人買下來了？」她媽媽比我還沉不住氣，搶先就問。

「是呀！人家到我們畫室買了去的。先交了一千塊錢訂金，明天把畫送去全部付清。」說完她從錢包裏拿出一張千元大鈔給我們看，還怕我們不相信。

「你們畫室那麼多人，爲什麼人家不買別人的畫，要買妳的呢？你是個女孩子，要小心上當。」妻越聽疑問越多，便開始提醒女兒。

「不會啦，人家又不是專門去買我的畫。本來是要買老師的畫，老師手邊沒有作品，就把我們學生畫的畫拍下的照片給人家看，人家就選中了我這幅靜物。」女兒急得趕快說出原委。

我們終於鬆了一口氣。但是妻仍要追問：「買主是誰呢？怎麼捨得出這麼多的錢？妳又不是名家。」

「聽老師說是什麼百貨公司的老闆，準備買了去配合傢俱展覽。人家本來只出三千元。老師說光是畫框顏料這些成本就一千出頭，硬要四千元才賣。」女兒又解釋了這些，我們總算放下了心。

女兒看到我們消除緊張，按捺不住的興奮又回到了臉上，她說：「這下我買材料的錢就有了。明天我要先去訂一個好畫框，配我那幅參加省展的畫。聽說得花兩千塊。」

看到女兒這麼滿足自己心血換來的這一筆錢，而且又都用在自己的繪畫上，我的心裏既是感到安慰，又是感到慚愧。女兒畫畫用的材料都很貴，花樣又多，常常不是我這個靠薪水養家的爸爸所能一時提供的。

女兒從小喜歡塗鴉，從小學到初中一直是班上的繪畫打手——班上壁報由她畫，由她設計；繪畫比賽由她代表參加，得到的獎狀已經可以訂成厚厚的一大本。我和妻雖然很欣慰她有這麼一個很好的興趣，但卻從來沒有刻意想把她培養成爲一個畫家，只希望她能正常的發展下去。因爲她的其他功課也不弱，何況她的性格還沒有定型，過早的希望她成爲什麼，往往什麼也不是，這種例子聽得太多了。

但是國中畢業以後，女兒對其他的學校一概沒有興趣，逼得她去聯考也只敷衍一下，一心一意要去讀一家頗有名氣的職校美工科。當然憑她的實力，一考就考上了。從此她就走上了與畫筆顏彩爲伍的這條道路。

這家職校的美工科要求很嚴，幾乎使人不敢相信現在還有這麼認眞要求學生的學校和老師。爲了趕作業，女兒幾乎每天都得工作到深夜；有時爲了一幅設計圖或一幅畫的完成，還得熬通宵，第二天一大早又得背著一塊大畫板轉兩次公車到學校。

我們家的房子室內一共才十八坪左右，五口之家本來就夠擁擠，而偏偏還得有一塊空間來作女兒畫畫的場地。於是我們把主意打到走廊上那塊放鞋櫃的空間，在那兒塞上一張桌子，就委委屈屈的成了她專有的活動地方。這樣可苦了我這個每天一早就得上班的人，因爲她的這個「畫室」就在我臥室的窗下，每天到我該上床就寢時，她可正是工作得欲罷不能的時候，不是滿桌子的畫紙顏料，就是一張設計圖正描繪得剛具規模；照得透亮的燈，還有她那架認爲可以阻止她不打瞌睡的收音機，我那裏還能安心睡覺。這種情形偶而一兩次還可容忍，經常如此就不是我能撐得下去的。於是，雖然明知女兒也是不得已才如此，卻也經常忍不住的對她吼叫，說她也應該顧及一下別人的存在。女兒逼得沒有辦法，往往是把畫得一半的作品，連同一大堆工具顏料，搬遷到她弟弟那間小房間去繼續畫；碰上她弟弟不合作或也要趕功課時，便只好架燈拉線的在客廳飯桌上畫將起來。看到她那種到處流浪打游擊的繪畫生涯，卻從不因此而灰心喪氣的專注精神，我的心裏不免也很痛苦，常恨自己沒有能力爲她覓得一個可以安心作畫的天地。

到了二年級，女兒的功課範圍越來越廣，雕塑、油畫這些費場地的大部頭作業，更不是我們家這個小房子可能容納的。她由一位老師的介紹進了一家畫室，起先是每月繳費一千元，由畫室的老師每週指導兩次；後來是每天一下課就直奔畫室，現在則連週六週日也全待在畫室裏。我們常笑她把畫室當成第二個家，只有深夜才回來睡一下覺。由於她這種全心投入的精神，畫室老師不但沒有多要她的學費，成績好時，反而給她鼓勵。有很多必需的材料和工具，我們補充不及的，都是畫室老師借給她用。老師對她的期望似乎比我們做父母的還深切。

女兒這樣的認眞向學，當然報償也相對的增加，除了頻頻得獎外，在班上更是一直名列前茅。根據她們學校規定，二年級結束後，三年級就得分組，分爲美術設計和繪畫兩種。學美術設計的，畢業後馬上就可找事情賺錢；學繪畫的，則有繼續升學的希望。女兒由於兩樣成績都很好，成爲兩方面老師爭取的寵兒。美術設計的老師要她選設計，保證畢業後介紹最好的工作；繪畫的老師則認爲，像她這樣的成績不到大學繼續深造，是一種損失。女兒求教於我和妻，我們告訴她一切以她自己的興趣爲主。不過家裏現在尚不需要她賺錢，學費也還籌得出。畫室的老師當然要她一心一意朝升學的路走；這樣她就選擇了繪畫組。

從前唐代大詩人及大畫家王維，在他的〈畫學秘訣〉裏曾奉勸學畫的人兩句話，他說：「妙悟者不在多言，善學者還從規矩。」我從各方面觀察我的女兒都不是一個妙悟者，也就是說她絕不是天才。但她的確是一個遵循規矩的善學者。她把她的全部精力和時間都投注到了繪事上，幾乎連娛樂和休閒都全部放棄。

現在要說女兒將來會有什麼樣的成就，都是言之過早的事。但我對她這樣能夠執著於一種興趣的精神，實在感到安慰。我認爲只要她一生都能這樣堅持下去，就是做一個平平凡凡的人，也是一種生之驕傲。

放風箏記

友人從廣州替我帶回來一隻風箏，是大陸同名詩人向明託他帶的。裝風箏的盒子很小，我把它拆開裝鬪起來卻成了一隻龐然巨鳥。我給大陸的向明回敬了一首詩，問他是不是要我再走一次年輕，如有必要，我願把我的「蕭蕭白髮推成蕭颯草坪」，讓一隻老不折翼的風箏，與一切愛在長空對決的諸靈，來一次空中競技。詩中當然有些老驥伏櫪的自我膨脹。但是這隻巨鳥卻一直張掛在我的客廳牆上，過了這麼大半年從來也沒有去放到長空展翅。

女兒從紐約回來度假，學藝術愛幻想的她，看到這麼一隻紮得唯妙唯肖的大鵬，居然困居斗室，不去飛天，感到非常可惜，硬要我去陪她放風箏。我說我們這兩個大人去玩這些小孩子的玩意，會適合嗎？尤其是我披著滿頭白髮，還要去拉著一根長線牽牽扯扯，好像不太合身分。她說你不是常講「一事能狂便少年」嗎？偶狂一次又有何不可。

我想她說的也對，天下事沒有不可破例的，早晨的公園裏一大堆老男老女都在扭腰擺臂的大跳狄士可，我頂著白髮去放風箏，規規矩矩的，眞的又有什麼不可。

來到國父紀念館前的空地，只見滿天飛舞的盡是從來也飛不到那麼高的鳥獸蟲魚，有鬪艷的蝴蝶，有兇殘的鷹隼，有戲水的游魚，也有搖首擺尾的巨龍，更多的是歸類不出的外星怪物，把個臺北唯一比較寬敞的天空，妝點得熱鬧非凡，加上地面上孩子們的追逐笑鬧，好一個無憂無慮的天下太平景象。

我們兩個大人，一個逆風奔跑把風箏鼓脹了起來，一個兩手高舉把風箏往空一送，這隻巨鳥就像逃奔自由一樣興奮的扶搖直上而去，幾個竄昇，就飛到了高空，與衆家風箏比高去了。

我放鬆手中的線軸，讓風箏多些自由，好趁勢力爭高飛，誰知這忘情的傢伙，竟不知收斂的直沖雲霄，想向夐遼的星空投靠。我想再像這樣的放縱，有限的牽線一盡，這手中的玩物，便會脫韁而去，再也不會任我擺佈了。到手的權力，豈可玩忽放棄。收它一下吧，自由也該有個限度，我把牽線緊了一下，讓放風的巨鳥知道它還在我的掌握之中，它的命運還是被一根細細的牽線所宰制。《紅樓夢》裏面說，放風箏的一樂是，把風箏放上天空之後，再把線剪斷，看見「那風箏飄飄搖搖，只管往後退了去，一時只有鷄蛋大小，展眼只剩了一點黑星，再展眼便不見了。」還說那是「放晦氣」。我們沒有那麼多「晦氣」要放，我們父女是來重溫童年的樂趣。我們沒有那麼殘忍，去放逐一隻無辜的風箏。把牽線收緊幾次之後，那隻巨鳥聽話的穩定了下來，不過它飛得比別的蟲魚鳥獸都高，它是一隻大鵬，它在享受高高在上的幸福，幾乎忘記了在地上的我們父女。

同名之幸

前幾天的一個晚上，我正在書房裏趕一篇稿子，突然客廳裏電話鈴聲大作，正在看電視的妻趕快去接。只聽到妻對對方說：「對不起，我們家不是局長公館，你打錯了。」好像對方並不甘心，仍然在纏著妻問。最後終於妻叫起我來了。她笑著說：「人家要我找爸爸聽電話。」我走出去接下話筒喂了一聲，只聽到一陣清脆的女聲傳了出來，連珠砲似的說：「董局長嗎？非常對不起，我是××晚報的記者，關於昨天新竹平交道車禍的事情……」我趕忙大聲的打斷了她的話，我說小姐你眞的打錯了，我這個董平眞的不是鐵路局長那個董萍。我這一吼，她才不情願的把話止住，說是一○四查號臺告訴她的號碼，連聲道歉的把電話掛斷。

自從董萍將軍接任鐵路局長以後，我這個與他名字只差一個字，發音卻完全相同的董平，接到這種誤打的電話至少不下十次，使我眞是沾光不少。最有趣的一次是在董局長就任後約三個月的光景，一天晚上有一個大概是董局長的舊友，而且多半還是剛從國外回來。他接通之後就直呼局長的名字，我還以爲就是找我的，趕快就說我是董平，請問他是誰，因爲我一聽並不是我熟悉的朋友。誰知對方可見怪了，他說：「我是 John 呀，你聽不出來了嗎？」我呆了一陣，半天也找不出一個有洋名字的朋友來。後來靈光一閃，問他是不是找鐵路局長董萍。他說是的，我告訴他此董平非彼董萍，他才悻悻的掛斷了電話。

世界上同名同姓的很多，免不了會陰錯陽差的發生一些誤會。不過據我活了這麼幾十年的經驗，似乎總是因同名同姓而遭受無妄之災的爲最多，像是因與某通緝犯同名，而被請進警局查問；又像是前些時名作家魏子雲先生因被誤認爲某同名而不同姓卻又同音的年輕演員，而遭受女影迷的電話日夜圍攻；尤其最近一位先生因與遠航班機失事的一位罹難旅客同名同姓，而連續晦氣了好幾天，更是令人啼笑皆非的事情。像我這樣被人誤爲主管全國鐵路大政的鐵路局長，眞可算是少有的同名之幸。不過說實在的，我因與董局長同名而沾光並不只是自他當上鐵路局長開始。由於我也一直在軍中的關係，早就有過好幾次因與他同名同姓而發生的趣事。現在我賣一個關子，暫時不說，先說一段因與另外一位董平先生同名姓而沾上的光彩。

說起來這已經是卅多年前的事情了。那時我正年輕，而且略知上進，平時沒有事時總是摸摸書本。有一年夏天，突然在幾天之內我接到了好幾封從外地朋友來的信，都是恭賀我考上大專聯考，而且是甲組的臺大電機系。我被這突然而來的祝賀愣了半天，找來報紙一看，果不然在那年大專聯考甲組放榜的名單上，臺灣大學錄取的同學中，眞的有董平其人，兩個字一模一樣。怪不得我的朋友們會誤會那是我了。害得我一連寫了好幾封信出去向朋友解釋。而其中有位朋友居然不相信會有這麼巧的事，硬說我是在故意隱瞞。他認爲我原來就是學電訊的，考上電機系應是順理成章，何況我一直就在準備。我只好再寫信告訴他現役軍人考普通大學根本就不准（那時尚未開放營外進修的辦法），我雖有此宏願，奈何事實不可能，毫無可隱瞞之處。總算才止住了這位朋友的猜測。

這樣大約過了四、五年之後，一個秋日的傍晚，我剛打完一場球回來在浴室裏洗澡，突然鄰近的寢室裏傳來了一陣喧鬧聲。還沒等我抹乾身子，就有人在外面叫我了，說是有好消息問我願不願意聽。我仔細的想了半天，怎麼樣也想不出有什麼好事會降臨在我頭上。但看到同事們那樣興奮和神秘兮兮，想必定有原因。於是我說當然願意知道。他們提出了先請客的要求。而且所費不多，只要兩罐沙丁魚罐頭和一瓶紅露酒。我雖極度不願意，但經不住他們的一再誘惑，終於掏錢買來了魚罐頭和紅露酒。等罐頭打開，酒斟上之後，他們才說恭喜我考取了公費留美，剛剛收音機裏面新聞報告，公費留學放榜中有我的大名。我一聽之下立即感到有被愚弄的味道。因爲不但我自己就是他們也知道，我根本沒有資格也沒有能力去考什麼公費留美，不是他們聽錯，就是另外又有一個董平。他們也說應該不會是我這個董平，但聽到錄取的科系是電機工程，正好與我的專長吻合，而我又平時愛啃書本，誰知道我是不是偷偷的去報了名。所以他們決定先搞我一頓再說。第二天我找到報紙一看，果不其然公費留學美國電機工程的錄取人員中，眞的有董平其人。我心裏盤算了一下，天底下同名同姓的自然不少，但同時都那麼巧有興趣讀電機工程則有點稀罕。我猜想一定是五年多前那個讀臺大電機系的董平，畢業後又考取留學深造。到底是不是呢？如果那位董平先生現在仍在臺灣，他應該最清楚。

現在再回頭說我與董將軍同名發生的幾件趣事。民國五十七年的時候，我得到一個機會到政大企管中心去接受爲期三天的現代管理講習。開學的頭一天到達課堂的前廳時，一位先到的同事對我說，貼出來的座位表上出現了兩個我的名字。我不信的自己跑去看，果然有兩個董平，不過一個平字的頭上有草，偏旁有水。而這個董萍是排在最後一排中間的位置。無草無水的則排在前面第三排的邊上。那位先來的同事說有我兩個名字並沒有錯。因爲他知道我從前的名字也是有草有水，不過早在民國四十年左右就在一次兵籍清點時改成平等的平了。我就在無草無水的位置上坐下。直到上課鐘響，我回頭看時，才看到那個有草有水的位置上，坐了一位穿戴整齊的陸軍上校。由於我們整個課堂裏都是穿藍制服的空軍，一位穿草綠制服的陸軍坐在其中，顯得特別突出。這是我第一次見到董將軍。

後來我進入了國防部工作。大概是五十九年秋天的某一天下午，我正在作戰室值日，突然案頭的電話示警燈亮了。我按下開關，電話裏傳來了問話聲：

「是誰呀？」聲音非常隨和親切。

「我是董平。」我趕忙回答。

「怎麼你也跑去值班哪？」對方感到很奇怪的問。

「是呀！今天輪到我。」我心裏也納悶。這個人好像明明知道我，卻又問我怎麼也在值日，當參謀的值日，這是天經地義的任務。

「呵？呵？也輪到你？沒有事吧？」聽聲音顯然仍不大相信。

「沒有事。」我趕快又應了一聲。

電話掛斷之後，我連對方是誰也沒弄清楚。於是我就請教旁邊也從另一分線箱接過同一電話的同事。同事告訴我剛才那是副總長胡欣將軍查班電話。他這一說更令我糊塗了。胡將軍怎麼會奇怪我去值班呢？他根本不可能認識我呀。我再請教同事，他思索了一陣之後，突有所悟的對我說：「副總長一定把你當成是後勤次長室的董處長了。」處長怎麼會來值班呢？當然他要奇怪了。這是我第一次在一個大單位裏與董將軍共事。

我在部裏面一個小單位裏一待就好多年。民國六十四年左右，我因家裏人口增多利用積蓄買了現在這個寓居，而把原來住的那棟簡陋的房子讓給同交通車的周兄居住，我只收他象徵性的房租。有一天老周玩笑似的對我說：「老董，我與你們董家結了不解緣了。」我不懂他是什麼意思。他說：「我住你姓董的房子，現在馬上又要幫你們董家跑腿了。」他越說我越糊塗。看我半天也接不上話，他這才正經的告訴我，他奉命調爲新任次長的隨員。而新任次長就是董萍將軍。那不是和董家結了不解緣是什麼。他又笑著說：「以後我要是說當董萍的隨員，住董平的房子，可有得一番解釋。不然誰曉得這是兩個不同的人呢？」老周當了董將軍的隨員，對我最大的好處是，我的信件常常會經老周那裏到達我的手中，不用我到收發那裏去取。因爲我的信總是被總收發誤送到董將軍那裏去。大概他們只曉得有個董萍將軍，不曉得有個小參謀也叫董平。

當然自從董將軍出任次長以後，一些不熟的同事初次見到我總是會吃驚的說：「噫！你不是和聯四的次長同名嗎？」或者問我：「你和聯四次長是不是一家人？」總要費我好多口舌才解釋得淸。不過我一點也沒有覺得煩過，反而感到很榮幸。因爲董將軍一直是以能幹著稱，我與他同名同姓只有增加我的光彩。

北窗下的寒儒

作家想有間書房，畫家想有間畫室，音樂家想有間作曲間，甚至閨女們想有間閨房，無非都是想有一處屬於自己的天地，在裏面自立爲王，縱橫捭闔，創造理想，享受樂趣。但是人所接觸到的現實往往是與想望相違背的，碧玉生在蓬門之家，牆上有塊破鏡子供她理理雲鬢，也就不錯，那裏還會有一間擺上梳粧枱，嵌上穿衣鏡的閨房，供她在裏面窮畫眉、慢梳粧？大詩人偏偏只有間聊避風雨的破草堂，從何而有四壁圖書，文房四寶齊備的書齋或書室？然而蓬門之女只要從破鏡子裏理理兩下雲鬢，仍然會出落得如一塊碧玉；詩人在草堂裏也可寫下傳世的詩篇，可見閨女美不美不在有無一間閨房；作家會不會有成就，問題不在有無書房。沒有一間書房，或想有一間書房只是作家寫不出作品，或懶得動筆的一個藉口。

當代名詩人周夢蝶從前在武昌街擺書攤時，晚上睡的是只容一身的出租房間，或茶莊裏的待客長板凳。他那裏有書房？他的書房是以騎樓爲頂，市聲爲牆的街邊咫尺之地；他的書桌是書攤旁邊直徑不到八吋的一隻圓凳子。在那上面他寫出了《孤獨國》、《還魂草》兩部詩集，《悶葫蘆居尺牘》，人人求之不得的瘦金體書法。書房，書房，在一般人眼裏，可能是個最理想的加工出口區，坐在裏面，精緻的產品會源源不斷的自動生產。但在某些作家的心目中，幕天席地，鬧市塵凡，到處都可寫出好作品，他的心靈就是一間完善且不怕打擾的書房。

這種道理當然人人都懂，個個都會搬講一番。但是想享有一屋的心裏總是人人免不了的慾望。在下忝爲讀書人之一，更未能免俗。三十五歲以前的我，作爲一個職業軍人，想要有間房舍安置家小，已是一種奢望，那裏還想有間書房。記得成家後的第三次搬遷，是在而今臺北市的水源市場附近，當時萬華到新店鐵路旁的一棟違章建築。房主陳先生把正面的一大間讓給我們夫婦，自己住到旁邊加蓋的兩個小房間。正房和加蓋的房子中間是一條過道，通向後面的厨房和一間堆雜物的小角間。我因書多，加之想有片獨享的讀寫天地，就向房東打那間雜物間的主意，陳先生是一位白天清醒，晚上胡塗的謙謙君子，對於我的要求，二話都沒說就把那塊地方騰了出來，而且還借給我一隻很古舊，大概是從前厨房裏擺油鹽醬醋的木頭架子給我擺書。

角間只有一面小窗，開向鷄鴨成羣的後院，我就在那窗前擺了一張桌子，成了我下班後南面稱王的讀寫天地，我的第二本詩集裏的許多詩，就是在那間只有一坪半大，四壁粉牆剝落，蟲蟻經常出沒的小天地裏寫的。但是這個小小的角落實在不是一個理想的讀寫環境。因爲緊鄰房東的房間，房東每晚必喝得爛醉而歸，回來後就把年輕的小老婆當豬狗打，打得滿屋亂竄，呼天搶地，令人心驚肉跳。又由於隔壁就是廚房，當時都在燒煤球，兩家煤球爐的廢氣，都把我那小間當儲氣槽，嗆得我受不了。後來甚至還害我得了肺氣腫，病發作時，咳血像吐嗽口水一樣噴了出來。所幸住了幾個月，房子要配合拆鐵路改建，就是那種不成樣的書房也沒享受多久。

大概又隔了三年之久，我才有了自己的一幢房子，那是在一棟平民住宅的二樓，房子連廚厠走道樓梯一起才十二坪半，裏面眞正住的空間才剩下七坪多，我把它隔成了三間，最小的一間只有一坪半大，就又實現了我書房的夢想。書架仍是從前住在陳家的那隻舊木架子。這時書已多得擺不下了，好在架子的深度夠，我就各層重複排列。房子前面是一片菜圃，再前面是葱翠的山林，左邊是神學院，圍牆內培植得很茂盛的花草，還有依山而建的精緻小洋房，常是我暇思的對象，在這裏我寫詩不多，卻譯寫了不少的童話故事。

有了一個比較成型的讀書小天地之後，再有的慾望是把裏面裝飾一番。這個時候，臺中一家專賣碑帖的在報上登廣告，說是有鄭板橋寫的橫披眞跡。當時我也不知道那上面寫的是什麼，正好有天女詩人彭捷大姐要北來探望女兒，我就請她替我買一幀帶來。她來我家之後，就那麼折得好好的交給我，還說：「向明，橫披是是替你買來了，就看你有沒有勇氣掛出來。」我問她爲什麼，她要我自己看，我一打開嚇得不敢出聲。原來那上面的十二個大字是：「不讀五千卷書者無得入此室。」是鄭板橋親手爲自己書房題的橫披。我那裏有此膽量拿來掛在那一坪半的斗室裏。一直收藏到今天，都不敢拿出來看。

我現在的讀寫環境非常不錯，但不能算是書房，而是臥室。住的房子僅有三間臥房，卻有五個大人要住。原本我把最小的一間做了一面牆的書架，準備作爲書房，但小兒子就沒地方住。我只好讓書藏在那裏，自己卻向睡覺的地方發展。我住的是五樓公寓的最高一層，由於樓高與道路的寬度不成比例，我這五樓的頂層面向道路的一邊，就依建築法規「萎縮」進去成了一個斜面，這一斜就把主臥室的窗子斜成了一道不到兩呎的窄縫，不要說光線進來要打折，就連空氣都需側著身子才能流通。剛完成時，面對這樣的一個啼笑皆非的局面，當然不是生氣就能了事，我找工人把斜面鑿開，豎立了一扇兩公尺寬，一公尺半高的大窗子，臨窗做了一張整個牆面寬的大書桌，共有六個兩呎寬的大抽屜。書桌兩頭是桌面書架，看起來就像銀行的長櫃枱。窗子這樣一開，天地爲之一闊，整個姆指山南端的風景全部湧了進來，滿眼一片蒼翠，滿耳盡是鳥鳴，蟬聲和蛙鼓。晚上坐在桌前，月亮當窗而過，星子近得幾乎伸手就可採摘。當然，陽光、風雨、蜂蝶這些大自然的嬌客，更是時常親近的朋友。

我在退休後的這五、六年，幾乎全部的時間，就是在這麼一個怡人的環境下，養尊處優似的享受我的讀寫樂趣，而今大書桌上兩旁的桌面書架已經零散的站滿了像標兵似的書本，桌面上更是像圍觀的羣衆似的擠滿了待查、待閱待參考的各種書籍雜誌，和零散的筆記、原稿。不知何時，左後方靠牆的地方，那座本來已經退休的一人高的木頭書架又已被甲冑分明的書籍征用，因爲書房內那一面牆的書架已住不夠放。由於我的覇道，妻的梳粧整容這些女性日常例行瑣事早已被迫改到女兒的房間去共用。因爲她的梳粧枱已經被我的資料籃、稿件袋、大部頭的工具書所佔領。大書桌的底下，除了兩頭的儲物櫃，本來是空蕩蕩的，現在已經在左右兩邊各放了一隻帶輪子的活動儲物架，裏面擺滿各方詩人的來稿、信件、剪報、詩刊、信封袋等，以備我取用時，隨手一拖就唾手可得。至於床頭櫃和床上也經常有我散置的書本或雜誌報紙。這一間原本是用來睡覺的臥室，經我這樣一折騰，幾乎已接近陸放翁所謂的「書巢」，只差我的前面尚有一面明窗，明窗外面只是本奧秘無窮的天書，尚不至像放翁一樣被亂書困得「風雨雷電之變皆無所聞」。

在這個與大自然對望，與無數書本爲鄰的北窗之下，我寫出了我的第四本詩集《水的回想》裏絕大部分的作品，還編輯成了一本本厚實的《藍星詩季刊》。照說一介窮儒似我，退休後有像這樣一個讀寫環境，應該是心滿意足，夫復何求，但是我卻仍然常懷說不定那一天會又失落的隱憂，原因是我這已經建好八年，住進來也快五年的房子，至今仍然產權糾纏不清，且一直解決無望。漂泊了一生的人，臨老仍然落腳得不踏實，怎能不令人憂心忡忡，怕又來一次無謂的滄桑。

尖端放電

我的右手臂上，靠近內側比較肉多的地方，有一個很顯明的疤痕，疤痕上還凹進去一個小洞，平常很少人會注意到，看到了的，一定會問怎麼會長出這樣奇怪的東西，通常我都不願說，祇說本來就這個樣子。問急了，我才說：「不提也罷，要不是這一個小洞，就沒有我這一條小命。」問的人聽到這麼玄，便更加感興趣起來，硬逼着我把內情講清楚，我實在不願意講，因為講出來實在很糗，一個一輩子玩電的人，居然被電狠狠整了一次。

說起來這已經是卅年前的舊事了。卅年前我在北部的一個雷達站當一名雷達修護人員，負責好幾部大雷達的廿四小時維修工作。那時我才是一個小中尉，沒有結婚，雖然生活在那很像蠻荒的海邊不毛之地，整日吹海風，聽海嘯，看光溜溜的大海，內心卻充滿一腔抱負，工作也是極度熱誠。

我們是採四班制的輪班工作，手下通常有一位士官，還帶一位剛畢業的見習官作副手。

那天我們是輪十八點到廿四點的小夜班。小夜班的工作比較重，幾部雷達的每天預防維護工作都要在這個時候完成。通常是我留在主控室內坐鎮，士官和見習官到各雷達去作關機開機，及按預維卡的規定，作各部位的預防保養工作。最後由我作一個總檢查，在紀錄上簽字。

那天預定主雷達關機維護的時間是在廿點正，這時候備份雷達便應該開機接替。可是廿點都已經過了好幾分了，備份雷達開機的指示燈仍然沒有亮，也就是說機器仍然沒有發射，我正詫異時，見習官滿頭大汗的跑來說：

「教官，老三的高壓加不上。」老三是我們給幾部雷達排的綽號。

「加不上？是不是加溫的時間還不夠？」我知道那種老雷達加溫不到時候，連哈欠都不會打一個。

「應該早夠了。已經燒了十幾分鐘，T.O.規定應該五分鐘就加得上。」他搬出了技術命令（tech order）證明他一切都是按規定來。

我要他待在主控室，我自己去看看。我一去，幾個開關一一檢查，一切正常，但是高壓就是加不上。心想一定是昨天當班的沒留神，發射管上的過熱開關跳開了，沒有扳回去。過熱開關雖然是連在所有的控制線路上，因爲祇在發射管溫度太高時才發生作用，所以在主控板上沒有任何顯示，這是老機器的設計缺失。祇會照本宣科，死啃技術命令的新手，如果沒摸熟整個機器的結構是不會曉得的。我於是爬上發射機把發射管上的過熱開關按下去，高壓便加上了，雷達便開始正常發射。

總共不到兩分鐘，我便又回到了主控室。見習官一看我那麼快就把問題解決回來，奇怪得不得了，自己檢討了半天，終於忍不住的問我：「教官，剛才老三是什麼毛病？」

「什麼毛病也沒有，你沒有把過熱開關關上，高壓當然加不上。」

「過熱開關？在那裡？T. O. 上好像沒說過。」他仍是咬着技令不放。

「過熱開關就在發射管上。發射管溫度太高就會自動跳開，這是一種保護裝置，平常不會發生作用，所以祇在線路圖上有標明。喏！我帶你去看看位置，以後加不上高壓時，注意檢查一下。」我一想，「在職訓練」的機會來了，當場指給他看，比他自己去瞎摸，要成效好得多。我就是有這麼一股熱誠。

見習官樂死了，連聲不迭的說謝謝教官，謝謝教官。

我們兩人進了機器房，走到了「老三」的面前。發射機的位置高高在上。抽了張椅子，我們爬了上去，他緊貼在我的背後。扶着我的肩頭。我們的頭正好看到發射機內部。於是我手膀子靠在機殼上，手指頭伸進機內指着發射管上那個過熱開關的位置，正要說話解釋。

祇聽到霹靂一聲巨響，一個閃電樣的火花就在我手指剛一伸出的刹那爆了開來，發射管發出哀鳴似的號叫，我身後的見習官大吼一聲摔到了地下，我也跟着絆倒了下來，帶着一股燒焦的烤肉味和一陣冒開的青烟。

等我清醒過來時，已經躺在休息室的椅子上，面前圍着隊長、輔導長、電子主任、機務長、醫官、同事一大羣。我發覺我的右手不在我的右邊了，而是縮得乾乾的扭曲在背後，沒有知覺，扳也扳不回來。同事說那上面燒了一個洞，燒得乾乾的，沒有一滴血。

「小子！你要自殺也要擇個時辰嘛！」隊長虎着一張臉在說話，口氣卻還是滿輕鬆，至少他還是和平時一樣喊我小子，沒有直呼其名。我知道最近一直盛傳他要調到臺北昇官。這個時候隊上出個意外事故，不是給他的前途泡湯？幸好我沒有死。

「你怎麼搞的嗎？搞電子搞了這麼多年，連尖端放電這種基本常識都不懂。用手指頭去指幾萬伏特的雷達高壓，你不是找死？」直屬長官電子主任開始糗我，糗得我心裡大呼寃枉，但事實是我在祇顧教人的興頭上，確實忘記了一切，忘記了電是一種不能隨便近身的發威老虎。

「算你小子命大，手放在機殼上，構成一個最短的電子回路，祇廢了一隻手，要是高壓從你的心臟通過，你們兩個人現在都在辦後事。」輔導長其實不是學電的，不知是平時耳濡目染，還是聽過別人內行的分析，也在假充內行的奚落我。不過眞要不是有這條手臂作犧牲，我們兩人免不了都成爲焦炭，料理後事當然非輔導官莫屬。

手臂電擊後，至少有三個月，我的臉上面無血色，口味全無，見到肉食就想嘔吐。最糟糕的是睡覺隨時會自動彈跳醒來，好像那種電擊的效果隨時會重演，魂魄隨時會嚇得出走。這種情形一直到我五十多歲以後，才慢慢的消失。

至於這條可憐的手臂，倒在我勤於活動的復健下，不久骨骼慢慢恢復了原位，肌肉也漸漸恢復了生機。祇有燒焦的那個洞，卻永遠像一隻眼睛樣的瞪在那裡，讓我一看到他就餘悸猶存。

雨天的故事

每年陰曆過年過至年初六，我都會邀請兩位打光桿的詩人朋友來我家吃頓晚飯。一來是藉過年聚在一起聊聊，二來是爲他們慶生。他們兩個都是元月初那幾天生日。

今年過年很特殊，我不但邀請了他倆，而且還預備了一位女詩人的席位。女詩人不是光桿，早已兒女成行。她也不是那幾天生日。邀請她純粹是因她慕名我們這個小小的詩人聚會。她說要參加，已經說了好幾年了。每年不是她忘記，就是我疏忽邀請。今年我特別早在過年前半個月就提醒她。她也一再保證今年決不會錯過。

但是到了年初五晚上，女詩人來電話抱歉，說又不能來了。

當時我幾乎有點憤怒的責問她，怎麼大駕這麼難請。

她發誓再三：「今年我的確是下定決心要來的，而且什麼都準備好了。」

「那爲什麼不來呢？」

「唉！我怎麼走嘛？我的公公又躺下了。」

「妳公公不是活得很健朗嗎？」我記得她在前不久還誇耀說，九十三歲的公公在她的服侍下，本來祇能坐輪椅的，現在可以不用拐杖走路，自己可以照顧自己。

「是呀！本來是好好的呀！但是自從過小年起就賴在床上不起來，不吃也不喝。」

「那有這麼巧？生病了嗎？」我仍然不信的逼問。

「才沒病咧。他吵著要回去。」

「要回去？在這裡活得好好的，要回去？」我吃驚的叫了起來。他公公是四年前從大陸送出來的。剛接來臺灣時，瘦得祇剩皮包骨頭，全身都是病。四年來，在女詩人廢寢忘餐親侍湯藥，親自調理營養的細心照顧下，一天比一天健旺，體重從四十公斤不到，增加到了五十公斤。

「就是要回去。我說你在大陸的罪還沒受夠。他說他不管。他要看看那邊的兒孫。」女詩人說。

「妳不是說妳公公最隨和、最講理，從來不鬧情緒的嗎？」我想問出個道理來。

「一直最隨和、最講理，從前過年從來沒有這樣過。不曉得今年爲什麼突然會變成這樣子。怎麼勸也沒用。」

「那妳怎麼辦？」聽到這種棘手的事情，我也爲她著急起來。

「怎麼辦？祇好幫他收拾東西，裝箱子。」

「怎麼？妳眞的照他的意思送他回去？」我再次的驚叫了起來。

「當然不是。我做給他看。一邊哄他說，現在整天在下雨，飛機不能飛。先把東西收拾好，等天一晴就送他回去。」

「有效嗎？」我急切的問，就怕沒有哄成。

「情緒稍微好一點。肯吃一點東西。」她頓了一下說：「你看，這樣我怎麼放心出門？」

「既然是這種情形，當然以老人家爲重，我們明年還有機會。明天他們來時我向他們解釋一下。」又安慰了她一番，我才把電話放下。但是心裡祇擔憂天一變好，老人再嚷著要走，女詩人該怎麼應付。

第二天的飯局，當然又和往年一樣仍是我們三個老友了。祇是談笑間又多了一個話題。

這樣過了大約四、五天，天雖沒晴，但雨已止住。我爲一篇稿子的事又和女詩人通電話，順便問問她公公最近的情形。

「好多了。已經不怎麼吵。」女詩人話中透著興奮。

「妳總不能一直拿天氣來哄他吧？」

「不哪！我現在的方法比天氣更管用。」

她眞是能幹。我心裡想，趕快問她又是什麼良方？

她艾艾的說：「老人家這些年來積存了一點錢。他兒子給他的，親戚送的，壓歲錢等等。他都一文沒花的統統收在枕頭底下。我把他的這些錢都打了金飾，戴在他的脖子上，手指頭上。現在他整天就玩弄他那些金子。心裡就好像吃了定心丸，很少再注意別的事。」

「呵！」我這次除了吃驚，還好像突然呑下了一塊石頭，把許多話都梗塞住。

別針

五月九日是星期六，想到第二天是個不平凡的日子，晚飯後，我偷偷的寫了張條子給正忙着畫素描的大女兒。條子是這樣寫的：

心如：明天是母親節，爸爸給你們五百元，你和妹妹弟弟一同到街上去買一樣禮物，明天送給媽媽。可先別讓媽媽知道。

女兒接到了我的指示，放下工作，裝做若無其事的到房裏去找了妹妹弟弟，不一會，三個人一個個藉故溜出了家門。這個時候，妻正在厨房裏忙着清理善後，也沒多大注意，等到發覺兒女們時，他們已經完成任務返家。

第二天早上，由大女兒帶頭，三個人恭恭敬敬的把一個別得有緞帶花和小卡片的小紙盒獻給了妻。而且各在媽媽頭上吻了一下。妻樂得直打哈哈。接着她小心翼翼的把紙盒打開，裡面透明膠盒裏裝的一枚橢圓形的別針，中間鑲着一塊瑪瑙色的石頭，石頭背面鏤刻得有花紋，看起來還蠻別緻。

「哇！這麼好的東西。」妻看了之後吃驚得叫了起來：「謝謝你們呵！謝謝。」

兒女們站在旁邊看到媽媽那麼高興，也非常開心。

「這麼漂亮的別針。大概要不少錢吧？你們那裏湊得出這麼多錢哪？」妻知道孩子們的零用錢有限，把玩端詳了那枚別針之後便這麼問了起來。孩子們你望我，我望你的，祇笑不答。

「克偉，你告訴我，多少錢買的？你們那來的錢？」克偉是我們的小兒子，耿直成性，平常心裏最藏不住話。妻曉得祇有問他，馬上就可得到底蘊。

兩個姐姐馬上向弟弟使眼色阻止，可是那裏來得及。「三百八十元從××公司買來的，是爸爸給我們的錢。」兒子照實吐了眞言。

「什麼？這麼貴呀！」妻聽了之後大叫起來，然後指向我說：「都是你在作怪。給他們這麼多錢幹什麼？我們又不是有錢人。給個百兒八十意思意思就行了嗎！三百八十元夠我買兩天菜。」

「唉呀！你一年忙到頭，讓孩子們表現一點孝心，也算不了什麼。我看這隻別針還頂可愛，也眞虧他們會選。」我趕快把妻的話止住。我知道平日裏妻總是一個錢當兩個錢用，花三百多元去買一個實際上並沒什麼用的別針，當然她會心痛。

妻向我白了一眼，顯然是心有未甘。但到底心裏還是高興，也就沒有說話。

到了下午，妻說家裏的日用品不多了，要我陪她到水晶大廈的公教福利中心去採購。從公教福利中心提着大包小包出來時，天正下着傾盆大雨，水晶大廈的走廊上擠滿了躲雨的人。我們這些後出來的，祇好往樓下的店子裏擠。那裏面的貨色眞多；有賣女人衣服的；有賣手錶的，走至一家賣飾物的橱櫃時，妻像突然發現了寶貝似的對我說：「你看那個別針是不是和我們的一模一樣？」

我順着妻的手指的地方看去，可不是樣子完全相同的一隻別針。瑪瑙色的石頭，同樣設計的花紋。

「小姐。請問妳那一枚別針賣多少錢？」妻向店員指着櫃子裏的那枚別針問。

店員小姐彎下腰循着妻的指示拿出了那枚別針。一邊說：「太太，妳眞有眼力，這枚別針眞是漂亮。定價才一百五十元。今天是母親節我們還特別優待，打七折祇算妳一百元。」說完把別針取出來在自己的衣服上配戴給妻看。

「怎麼？你們這裏才賣一百塊錢呀？」妻像吃了悶雷似的吃驚。眼睛祇朝着那枚別針看。

「是呀，我們祇要少賺一點就行。」店員裝着很坦率的回答，好像就怕跑掉了這筆生意。

祇見妻毫不考慮的就從皮包裏掏出了一百元交給了店員，連包裝都沒有要就把那枚別針放入皮包中。

妻的這一突然的舉動，委實出乎我意料之外。滿腹狐疑的跟在妻的後面走出了水晶大廈。這時陣雨也過去了。天空祇剩下一些雨絲在飄動，落在人的臉上，帶來陣陣清涼。突然我像開了竅似的瞭解到妻再買一枚同樣別針的原因。她一定是要拿這枚別針到××百貨公司去質問。爲什麼同樣的東西，價錢會相差這麼懸殊？否則像她這麼一個惜財的人，在吃了一次虧之後，絕沒有再買同樣一件東西的道理。一定是傷了她的心，才這樣作。不過她也應該先和我商量一下呀！敢情她是看透了我這個平常最怕惹事的脾氣，和我商量也是白搭，就擅自作主了。我有點感到不受尊重的味道。其實我又不是木頭人，吃了這種虧，還不也是恨不得去找那家公司吵一頓。對。去大吵一頓，把這兩盒別針往那家公司玻璃櫃上一放，指着人家鼻子問爲什麼別的地方才賣一百元，你們這裏卻要三百八。一百元？憑什麼證明你是一百元買來的呢？我有發票證明。發票在那裏？天！妻根本就忘記要人家開發票。我猛然把妻一把拖住，口裏說：「走。我們回去。」

「回去？幹什麼？」妻被我拖得滿頭霧水。

「回去要那個小姐給妳開張發票。」我說。

「唉呀！你煩不煩？一百塊錢的東西還要回去要發票。」

「妳不是要拿這枚別針到××百貨公司去興師問罪嗎？沒有發票怎麼能證明妳這隻買得便宜？」我像邀功似的指出她疏忽之處。

妻被我這麼一問，瞪着眼看我足足有好幾分鐘，然後非常不解的說：「你在說什麼呀？又是興師問罪，又是證明買得便宜？」

「我是告訴妳。妳買了這枚一百元的別針去質問人家爲什麼要賣三百八。就要拿出證明妳是一百元買來的發票。」

「誰說我要去質問人家呢？」妻大惑不解的反問我。

「那妳已經有了一枚別針，再買同樣的一枚幹什麼？」這下輪到我胡塗了。

「呵！原來如此呀！我問你？你有幾個女兒？」妻恍然大悟的笑着問。

「兩個呀。」

「那不就結了嗎！一個人一枚免得她們爭它！」坦坦蕩蕩的，妻揭開了我在腦子中苦惱了半天的大謎題。原來她別的什麼都不計較，一心一意還是爲她那幾個寶貝兒女。

第三輯

流浪者之歌

流浪！流浪！流浪到那裏？流浪到何方？

流浪這回事，在我們這一代的人而言，就是從小即琅琅上口唱著的這幾句歌詞。

十三、四歲的孩子即被日本人趕出家園流浪，好不容易挨到日本人投降，連家都來不及回，又身不由己的東南西北執著比身子還高的槍到處流浪，然後是，好多人連身上的槍傷還未結疤，又遠從紛亂的港口，逐著海峽強風被趕到了這個島上，流浪，其實是一連串無奈的流放。

還好，這個島穩如磐石，隔著海的保護，原以爲不應再流浪，但是爲了防範兵災的重演，我們還是得被放逐在海隅山險，定時輪調換防，這是一種比較文明的流放，青春的凌遲。

流浪的人，雖然滿腹心酸，但還是無奈的「暫把他鄉作故鄉」，完成人生途程的各種夢想。爲了深入了解這世界，我們開始拼命的求知，在坑道，在崗哨，書成了另一可以，也是唯一可以逃遁的世界。爲了表示存在，我們開始寫詩寫文章，詩文成了發洩心底積鬱的唯一渠道，粗糙的文字，扭曲的詞句，卻是大家共同取暖的靈光。我們開始求愛，當無私的愛都被地域偏見所拒絕的時候，我們只好到軍樂園去發洩。爲了成家，我們開始擠進了違章建築，那是我們唯一能夠付出的一個蝸居。這時，我們的肉體雖然已經開始定居，不再流浪，但是心卻徬徨。我們雖然已經融入島上的這個社會，但是最悲哀的是，故鄉卻越來越遠的丟在相反的方向，我們的心還是在流浪。

流浪！流浪！流浪漢的歌兒心酸酸：

「三月的晚上，雨淋著
墓碑們哭泣著
啊！爲什麼不像一株樹
老待在這裏久不生根
三月的晚上，雷轟著

幽靈們埋怨著
啊！今年的節日這樣遲
我們需要一把淚，一點酒，一些紙錠

三月的晚上，風吹著
枯樹們的夢飄蕩著
啊！春天這騷婦那裏去了呢
我要我天眞的綠，羞澀的紅」

——（一九五六年作品〈野地上〉）

「從前他們說
你是一株不用著地的
移植的藿草
不再思念故土
貪戀現成的營養和食料

現在他們卻說
你是一株不願著地的
寄居的藿草
只會緬懷昔日的家園
難於認同眼前的窩巢

你的枯槁能爲你說什麼呢
你委實不想說什麼了吧
在這樣的氣溫下
反正離鄉背井的這麼久
說什麼也不好」

——(一九七三年作品〈吊籃植物〉)

從一株亟盼生根的樹到悟及自己只是一株「吊籃植物」,其根本的悲哀是離鄉背井,是移植,是寄居。它爲這個春天貢獻了再多的綠意,開再多的花,也不被底下的土地所認同。

大概十年前,一位以色列的詩人繞了半個地球到臺灣來開會,我陪他瀏覽了我們各地的風光以後，臨走時他對我說：「臺灣是太美了，物阜民豐，又不斷的建設。還有那麼多美麗的青山，我要是你，我就住到山裏面去，那才是人生最大的享受。」

他說這番話的時候帶著滿臉的欣羡之色。我知道他是有感而說的，他是想起他那貧瘠而四面環敵的國家。他知道我們的命運相同，都是流浪了大半生，才到一個地方定居。但是他們從外國回到以色列的人，都會安置到佔領區去屯墾，那都是一塊塊漫漶山林，就是草也不生，鳥都不飛的荒漠之地，眞正是置之死地而後生。那像我們，渡海一來到這個地方不久就融入當地社會，成爲這個地方的一份子，不分彼此共同打拼，共享一切生活資源。怎不叫他羡慕和讚美。

記得他的這幾句話，我是這樣半帶幽默的回答的：「我要是能住到山裏面去，你就不可能到臺灣來找我們了。」我說這番話的時候年已半百，但還在軍中當差，日日夜夜半秒鐘都不敢稍懈的處心積慮的在守護全島空防的安全，他不知道，我的家庭生計還得靠我那勤勞的妻子，爲城市人家孩子當保母才能擺平，無論現實環境和生活條件都沒有富足到讓我去享受美麗的山林。

不過這個猶太朋友的幾句話卻讓我從那時起開始認眞的認識我在這個島上的處境：我們能被人羡慕，是因爲祖先留給了我們這麼一片乾淨美麗的樂土；我們在這個島上生活得逐漸幸福，是因爲我們這麼多年來先以血汗青春爲這塊土地耕耘綠意，守護住這塊土地不被染色，然後幸福才能安全地伴隨我們。我們應該已從流浪中走出，有賴這塊土地維護我們的尊嚴和生存。我們這一代當然會迅速枯槁下去，當然這仍然是極大的無奈，但最後我們終會找到流浪的眞正歸宿。

河的約會

如果不是幾天前的一次地區性文學會議，深埋在臺北這個亂都的我，不會曉得還有那麼一條不去一看會終生遺憾的河。如果不是幾天後突然之間被趕下了編輯檯，朋友們也不會想到要我開始以作家身分散心在冬山河上。

在一大清早趕往河之約會的計程車上，司機先生是位政治狂熱分子，他一面大聲放著禁忌笑話的錄音帶，一面開始向我作田野調查，我趕忙學著定居在蘭陽平原的作家李潼在區域性文學會議的答話方式：我出生在湖南，流浪在陝西，然後定居在臺北，現在要到宜蘭去赴河的約會。果然有效，他沒再多發一言。這就是臺北，很煩，政治好像到處吐的口香糖，隨時都要粘你一下。

我現在就是要趕去一個不會有粘人口香糖的地方。火車上身旁一個天真未鑿的少女突然莫名其妙的問我：「現在是不是吃柚子的時候？」她是在看到蘭陽平原上突然出現一大片、一大片結實累累的柚子樹而食指大動的。可見她和我一樣對土地的陌生。我說我是來看一條河的，吃柚子可能還早一點。那位少女睜著大眼，像聽一句偈語。

要拜訪的這條河眞是很弔詭，帶領我們看河的邱水金老師一直不告訴我們河在那裏，卻先帶著我們到處去拜碼頭：叩訪同治初年從福建漳州來臺拓殖的陳協台舊居；穿行種有四百多種竹子的福山苗圃；參觀世界聞名的養鴨研究中心；瞻仰包括游縣長在內有著廿世代子孫的游氏宗祠，他的用心眞是良苦，大概我們要了解這條河，就得先從河的澤被開始。

他還是不告訴我們河在那裏，卻又帶著我們穿山越嶺，涉水渡河，讓多雨的蘭陽平原上罕有的陽光狠狠的把我們烤炙，他指著高凸地勢上的一株橄仔樹說，那兒原來有噶瑪蘭人的部落，這些最早來自海外的原住民，現在都已經融成一起了，噶瑪蘭也就是現在的宜蘭。他一路細數著兩旁的村落。上游客家人最多，中游是漳州人的天下，下游多是泉州人打拼，現在都是勇敢、堅毅、忍耐、沈著、機警和永不妥協，力爭上游的宜蘭人。原來我們早就走在冬山河上了，只有有水的地方才會有這麼多人逐水而居呀！只是那上游新舊寮瀑布流下的水卻不知何時不見了，河床上不是高莖植物，就是西瓜，就是呆在那裏動不了的鵝卵石。

邱老師仍然不直接答覆我們，讓我們心裏直犯嘀咕，這樣的乾河臺灣多的是，來拜訪一條河，水卻跑掉了，那才是夠荒唐的事。但他仍然只領著我們又走路，又坐車，然後才在一個村落的路口上停下來，那邊路旁有一口水池，清澈見底的水像串珠樣從池底、從四周不停的冒出來，有人就從池裏舀水喝。我們正奇怪，我們是要找一條河，既然被目爲一條河，總得要繼續流下去的，總不能隨隨便便找一汪水來代替。

邱老師這才詭秘的笑了，從職業導遊那裏學過來的製造驚喜，他說：這就是冬山河特殊之處，河在與我們捉起迷藏來了，原來從新舊寮源頭瀑布奔下來的水流，一到山麓地帶便都潛行地底下去了，形成一股股的暗流，在地下奔竄，一直到了山腳下，才又這樣冒出頭來，變成一處處的湧泉，小的就是現在村頭村尾的水井水池，大的就形成湖泊，譬如「梅花湖」，一直要到中游以後才流出地面，滙成可見的河流，和水鳥棲息的沼澤濕地。

我們來與河約會，河卻在嬌羞的藏頭露尾，好像怕被我們看見似的，好個不諳世俗，不懂人際關係的大自然。怪不得最懂得這條河的邱老師對下游那段遊人如鯽的經過人工改造的冬山河介紹一直興趣缺缺，堅持讓我們辛苦的看冬山河原始且獨特的一面。他說只有這一段冬山河才是屬於宜蘭人的，下面那一段屬於觀光客。

城的懷念

從前有一首歌叫做〈褒城月色〉，非常好聽的讚美着陝南漢中附近褒城地方的月夜風光。我沒有親自感受過褒城的月色到底美到什麼程度，但是卻曾在那附近經過，遠眺過這陝南的小城。

那一年我們抱憾離別了征戰經年的大西北，取道寶鷄，越秦嶺，往陝南進發。當車沿着太白河南下，經過了留壩縣，折東南在古褒斜道憑弔過當年視爲天險的棧道後，便一車直下，來到了截然另一世界的陝南平原，花紅柳綠的宜人景色使我們這些看膩了西北荒涼肅殺的南方遊子，彷彿一下子回到了久別的南方水鄉的懷抱，心情之暢快舒展，眞是無法形容。就在大家計算著還有多少里程可以到達漢中的目的地時，在一河之隔的西岸，我們突然看到了一座城池出現在不遠的地方。那座城小小的，方方的，四週好像什麼陪襯也沒有，就是那樣可愛的座立在遠處那綠色的平原上，彷彿是電影中出現的童話城，令人充滿遐思，祇差沒有一位衣袂飄飄的美麗公主出現在城垣上。司機告訴我們那叫做褒城。那時我們聽過〈褒城月色〉這首歌。心想像那麼開闊的天空，那麼無塵的視野，當月色像一汪乳白的湯泉一樣，把整個小城浸泡在它融融的暖意中，那種情景確實是夠人陶醉的，就難怪多感的歌者會譜出〈褒城月色〉這種讚歌了。可惜在兵荒馬亂的年代，坐在運兵車上的我們沒有停車一遊的機會，就祇那麼匆匆一瞥的看了過去，留下至今都無法淡忘的印象。

對於城的懷念，除了那座匆匆一瞥的褒城外，我有著多方面的記憶。在我早年沒有離開家鄉以前，城對我那幼稚的心靈是空白和虛幻的，等我曉得有城這種方陣式的建築時，家鄉的城牆早已拆掉變成了寬敞的環城馬路。父親和五叔從他們生意餘暇給我寫信，信尾所寫的「書於城垣」幾個字，已經祇能代表他們是在都市中討生活。不過小時候還是看過故鄉城牆拆除後留下的供人憑弔的那一小段，那是站在城南天心閣的小山上，看到山下面緊挨着的那灰濛濛的一堵厚牆，城門洞中擺着的那口巨大的銅鐘，使人興起一種對遠古的茫然。好像即使在那種不知天高地厚的年齡，也從沒有想到要到那截廢城上去走一趟。

長大出來流浪以後，我從開通的南方跑到了保守的北方。我發現眞正能稱之爲城，也就是尚能保有一座城的原始架構的，北方要比南方多得多。那些方磚巨石堆砌出來的城牆，城內的鐘鼓樓子，歷經多少朝代的戰亂都能保持得完完整整，而現代文明的巨輪也都沒有輾到那麼遠的北方內陸去。在古老文化遺產的保護上，北方比南方要來得幸運。

在北方有兩座城對我的印象最深。這兩座城一小一大，小的小得迷你可愛，我曾經隨着部隊在那裏進出數次。大的是中國有名的古城。我不但在那裏長住過，而且曾經在它那巨大巍峨的城門樓上渡過好些時日。

先說小城吧！小城的名字叫洛川，是一個使人聯想起那個溺死後被封爲洛神的宓妃；那個被曹操從袁熙手中搶來，送給長子曹丕爲妻，卻爲他的次子曹植暗戀了一生的甄逸女：還有曹植那篇膾炙人口的〈感甄賦〉。洛川就在洛水東岸，介於陝北的黃陵與甘泉之間，這座小城小到什麼程度，我沒有測量過，我祇知道站在城中間的鼓樓底下，原地作三百六十度的迴轉，一眼可以看穿四個城門洞子。所以有人說，洛川城內如果那家的鷄飛出了籠子，要趕快關上四週的城門去捉，否則就會跑到城外面去。城裏的街道窄窄的，直直的，房子也是古老的，低矮的，像煞士林中影文化城的那條佈景街。所以常常有人看到國片中的街道那麼短而窄，房子老而低矮，認爲不夠寫眞，我就出來證實那是典型的古老北方街道景致。像洛川這樣的小城，現代化的車輛是無法進城的，公路都打城外邊繞過。城內唯一常見的交通工具就是驢馬。鄭愁予有首詩中最常被人提到的兩句是「恰若青石的街道向晚」和「我達達的馬蹄是美麗的錯誤」。住在洛川就常常可以聽到馬蹄踏着青石街道所發出的極有韻味的達達聲。想來眞是蠻有詩意。我曾經從洛川騎毛驢到它東南邊的更小得連城牆都是用土堆的黃龍山去架過電臺，也曾從這裏去拜謁過黃帝陵寢。

現在再說對我印象最深的大城。李白有首詩名〈登金陵鳳凰臺〉，詩的後兩句說：「總爲浮雲能蔽日，長安不見使人愁。」我所謂的大城就是使李白愁過，現在我們仍在愁的長安。長安現稱西安。遠從漢惠帝時就開始築城，東漢、魏、晉、前趙、前秦、後秦都曾以這裏作過首都。西安位處渭水南岸，與咸陽隔水相對，襟山帶河，形勢雄偉。城內有東，南，西，北四條大街，中心地帶鐘鼓樓高聳。長安城四圍有多大，由於沒有可靠的資料可尋，我想引用報紙報導北平市場報的一則消息，可以概知其城的大小。這個報導說，中共已經把西安城垣上的五千九百五十多個垜口幾乎全予拆毀，許多地方的城磚被盜光，城牆內挖了一千四百多個防空洞。試想一座城的城牆有近六千個垜口，城牆上可以挖一千四百多個防空洞，四週圍的長度沒有幾十哩那裏走得完。我對於西安城牆的消息最爲敏感，因爲我不但在西安住過，而且住的是西安北門城門上的城樓，那是我一生中最難得的一次經驗。那是在民國三十五年秋天的時候，我們從軍校畢業分發到了西安，由於沒有適當的地方可以安插我們那一大羣毛孩子，所屬的單位不知怎麼想到了那座空曠了千百年的城門樓子。那上面的地方確實夠寬大，我想光是室內的空間總不下於一個半大籃球場，因為我們卅幾個人打地舖睡在裏面僅僅祇佔住了靠門的一個小小角落。而高度也驚人，從城牆基腳往上看至城樓頂上的飛簷至少不下於現在的十層高樓。除了高約四層樓的城牆，餘下的就是我們住的那高聳的城樓了。這麼高的城樓，從外面看雖然有四、五層的窗口，可是裏面從底到頂卻一層樓板也沒有。西安的冬天氣溫有時低到零下一、二十度，刀子樣凌厲的西北風迴旋在那空曠的高樓裏，住在裏面的我們，其狼狽的情形就可想而知了。好在那時我們都正年輕力壯，憑着那股熱力，從沒有畏懼過寒冷。倒是有件事使我們感到威脅，那就是與我們共享那座城門樓子的數不清的烏鴉。那一大羣黑鳥終日就繞着城門附近覓食，刺耳的呀呀聲尚可忍受，討厭的就是那隨時會從空而降的鳥糞。往往我們晚上一覺醒來，被子上、甚至臉上都會被牠們撒下爛污。弄得我們不得不隨時小心。我們住在城樓上等待分發約有兩個多月的時間。吃喝之餘就是逛附近的名勝古蹟，像有名的碑林，大小雁塔，城外王寶釧住過的寒窰，再遠楊貴妃洗過凝脂的華清池都有過我們的足跡。但從來沒有想到要去探究過，在我們之前，那個城樓上曾經住過的是那一朝，那一代的兵丁或守將，從來沒有重視過那是一段與歷史人物腳下塵土，身旁周遭最接近的日子。後來我們就一個個分發到更遠的邊塞和偏僻的西北省份去了。現在在臺僅有的幾位當年住過西安北門城樓的同學，都已經是六十開外的年齡。有時聚在一起聊起當年住城樓的許多鮮事趣事，居然仍歷歷如繪。並且相約有一天能再登臨那座古城樓，看是否那裏的一樑一柱，一磚一瓦都是否無恙。

明湖居

一九八二年的初秋，我隨着我所服務的一家外國公司到了以色列的首都特拉維夫。以色列是舉世聞名的烽火之邦，生活程度高，物資也極端缺乏。雖然觀光的人潮洶湧在世界各地，但人們對隨時都有戰爭危險的地方總是懷着戒心。所以特拉維夫的街頭並沒有一般大城市的熱鬧。我已經隨着公司的人在歐洲各地跑了一圈了。看過巴黎的繁華，也欣賞過倫敦的古樸，現在到了這樣一個充滿緊張氣氛的地方，總是有點不是滋味。

那天下午，我們完成公司交代的業務之後，天色尚早。公司的洋人要到地中海碧藍的海水中去戲水，我就獨自一人到街上去閒逛。以色列這個猶太國家的人雖然都來自世界各地，但是黃皮膚的東方人還是奇少，連無孔不入的日本人也看不到一個。所以我這個唯一的黃種人走在街上，倒眞是非常顯眼，不時有人投來奇異的眼光。

我一邊瀏覽着街上充滿西方味道的窗櫥，一邊猜看那些市招上正反都分不清的希伯來文字，又是奇怪，又是有趣，突然在一片市招中，我發現居然出現了我所久別了的方塊字「明湖居」。而且寫的是清癯有力的瘦金體。

呵！難得。敢莫這裏還有中國人！我的心頓時激跳了起來，血液也彷彿在隨着昇騰。

我走近一看，原來這是一家中國餐館，小小的格局，倒也窗明几淨，從窗玻璃看進去，裏面尚沒有客人，我推門而入，裏面的陳設也是非常的清爽雅致，光線充足，完全沒有歐洲各地中國餐館中，故意點着中國燈籠，把牆壁柱子漆成大紅大綠，一進去就感到黑沉沉的，儼然西洋人心目中神秘中國的氣氛。我選了一個座位坐了下來，再瀏覽四壁的裝飾。立卽使我感到興趣的是，四壁上也全掛滿了用瘦金體書就的條幅。沿着條幅中字句的源頭找去，終於從右邊角落地方，我讀出了這些條幅的內容，原來這裏恭錄着　國父遺教的〈建國大綱〉全文廿五條條文。

我的血脈馬上又賁張起來了。在這麼遠的中東地方，在一個完全不同的國度裏，居然會有這種有心人，這麼心向祖國，眞是出乎常情。我對這家餐館的主人有了急於瞭解認識的興趣。

「先生，我能爲您效勞嗎？」正在爲這四壁不凡的陳設而感驚詫時，不知何時我的桌旁有人用英語在招呼我。我定睛一看，這是一個戴着眼鏡，樣子非常斯文的年輕人，正笑瞇瞇的在靜候我的吩咐。

「你能說中國話嗎？」我幾乎迫不及待的用國語問他。

「我是中國人，當然會說中國話呀！」他馬上也用帶點廣東味的國語回答：「請問先生從那裏來？」

「我從臺灣來。」

「從臺灣來呀！難得，難得。」他突然像他鄉遇故知樣的興奮起來。

「你們也是從臺灣來的嗎？」我看他那麼高興，以爲也是從臺灣出去的。

「我們要是從前住在臺灣，也就不會跑到這麼遠的地方來了。我們是從越南逃出來的。不過我們也有朋友在臺灣。他們常和我們連絡。」

「原來從越南逃出來的，那眞不容易。全家都逃出來了嗎？」我關心的問。

「那裏能夠全家都逃得出來呵！衹我父親帶着我和我哥哥，還有一個妹妹。我母親是在船上熬不過死去的。老家還有兩個姐姐。」他面色凝重的數說着。

「現在這家餐館就是你們全家在主持？」

「是的。我哥哥在掌厨，小妹在當下手。我就在這外面照顧。」說完他到一旁的檯子上去倒茶。

我一直在爲壁上這些用瘦金體書就的〈建國大綱〉條幅而好奇，現在終於忍不住了。等他送茶過來，我指着壁上的字讚美道：「這筆字寫得眞好，你們從家鄉帶來的？」

「這是家父的手筆，家父從前在越南教中學。」他面露得意之色的說。

「原來令尊還是一位書法家，眞是難得。」我打從心裏對這家人產生敬佩。不過我也是見過不少書法家，他們寫的對聯條幅或中堂，內容多半是寄情或述懷的章句，像這樣把整部〈建國大綱〉寫出來，可還是第一次見到。這時餐館除了我還沒有其他客人，我想再多問他幾句並不會影響他的生意。於是我又問他：「令尊爲什麼不寫點文章或詩詞題在條幅上，卻把中山先生的〈建國大綱〉全部恭錄呢？」

年輕人整了整他的眼鏡，然後非常正色的對我說：「家父自從經過了海上漂流的顚沛流離之苦以後，深深的覺得一個失去了國家照顧的人才是世界上最大的不幸。祇有有一個強大的祖國才是全世界中國人的福。他來到這裏以後時常對我們說，我們現在在這裏祇能算是暫時棲身，等到國家強盛以後，一定要設法回去。但他老人家再也不寄望大陸上那個紅色中國。他認爲祇有根據中山先生構想所締造的三民主義新中國，才是他認同的祖國。所以他把中山先生親自手訂的〈建國大綱〉廿五條恭錄下來，一方面表示他心有所歸，一方面也是要我們作兒女的時時不忘自己是個中國人。」

「令尊眞是一個了不起的人，我相信他的願望不久一定就會實現。」接着我把我們國內進步的情形，和政府決心以三民主義統一中國的願望，向他作了一個概略的介紹。他聽得很開心。同時他說他已經從在臺灣的朋友來信中，獲知了不少有關臺灣繁榮強大的情形。

我望了望隔着一道小門的厨房，忍不住又好奇的問道：「令尊也在裏面幫忙嗎？」

我的話剛一問完，誰知年輕人的臉色馬上就陰沉了下來，他悲慼的說：「家父不幸在去年底因病過世了。」

我像突然闖了大禍似的感到難過和歉疚。深怪自己凡事愛多問的個性來。一時竟找不出一句適當的話來安慰這位在異鄉失怙的年輕人。他大概看到我良久接不上話來，局面顯得很不調和，便連忙收斂起自己的情緒，裝着很自然的問我：「先生。眞對不起。來了這麼久，我還沒請問你要吃什麼？」說完他順手把桌上放的菜單替我翻開。

吃什麼呢？我原本是到街上來閒逛的。根本沒有想到要吃東西。更是壓根也沒想到會在這裏遇到中國人，還會吃一頓中國飯。可是既然已經進來了，而且又與店主人聊了半天，不吃點東西說不過去。何況在這異鄉異國好不容易遇到自己同胞，就吃點東西，藉機多和他談談，也是應該的。可是吃什麼好呢？我拿着菜單翻了又翻。

他大概見我打不定主意，便又開口了：「先生，我們替你燒條魚吃好嗎？特拉維夫沒什麼好吃的，祇有魚最多，也最新鮮。我請朋友從臺灣運來了一臺炒菜用的瓦斯爐，最適合燒我們中國菜。試試我們燒的魚還道不道地？」他望着我像是徵求我的同意。

「好。好。」我點頭又應聲的讚同。

地中海旁的初秋，天黑得很晚。手錶明明已經是晚上八點，天上卻還掛着火紅的夕陽。以色列人的晚餐總得到九點以後，所以店裏面一直仍然沒有其他客人。趁着厨房裏還在燒魚，我和年輕人便又繼續的聊起天來。從他的口中，我知道特拉維夫另外還有兩家中國餐館，耶路撒冷也有一家。猶太人對中國菜還頂喜歡。尤其很多原來在中國住過的猶太人，還會定時的來重溫一頓中國飯。所以他們的生意還維持得過去。據他所知，猶太人對我們先總統　蔣公非常尊敬。甚至稱作猶太人的救命恩人。因為在過去的俄國人兩次排猶，世界上沒有一個國家願意接納猶太人，祇有我們先總統　蔣公兩次都開放中俄邊境，讓猶太人進入我們國內定居，作生意。所以他們有些人至今還對我們心存感激。

不久魚端上來了。那條魚非常肥大，配以罐頭的筍片洋菇紅燒，無論色調和香味都非常誘惑人。我要了一瓶白葡萄酒便自斟自飲的吃將起來。魚的味道還真像那麼回事，在吃了多少天的單調的洋餐之後，能吃到這麼對胃的飲食，對我而言，眞是一種難得的享受，沒有想到的享受。

吃喝的時候，年輕人把他的哥哥和妹妹都叫出來和我見面了。他們都非常質樸、老實，甚至還有一點羞答答的味道。尤其他們的小妹，一個十七、八歲模樣的少女，仍然留着中國保守的劉海髮型，穿着大褲管的唐裝，完全沒有感染到一點西洋的氣息。在這舉目皆碧眼黃髮的異國，使人感到親切、可愛，甚至引起淡淡的鄉愁。

這頓飯我自斟自飲，邊吃邊談的足足耗去了約一小時之久，直到天色已完全陰暗，餐館裏陸續進來了一些客人，我才酒醉飯飽的找年輕人付帳。

「先生，難得您從祖國來。這頓飯就算我們請客了。」想不到一找他結帳，他竟拒絕收我的錢。

「那怎麼可以呢？」我感到有些手足無措起來。「從祖國來的更應該付帳，你們在外面賺錢這麼辛苦。」

「不辛苦，不辛苦。」他趕忙露出中國人固有的謙虛態度。「我哥哥和妹妹剛才都一再要我不要收你的錢。他們說在這個地方難得見到中國人，看到自己的同胞本來就應該請進來吃飯，那裏還有收錢的道理。」

如果在國內，遇到這種情形，我會不管多少錢丟下幾張鈔票就奪門而出。可是在異國，在那一對那麼誠摯貞心的目光下，我做不出那種拂逆人家好意的舉動。因爲事實上這個時候我和他已經不是生意上對立的主顧，而是異地相遇流着同一血脈的一家人，在我們根深蒂固的傳統觀念裏，一家人吃飯那裏還分彼此。我祇好衷心的道謝了他們的好意，而且留下了國內的地址，才心情複雜的走出了明湖居。

現在祇要我一想到那一次的中東之旅，想到了明湖居，想到了那些用瘦金體書就的〈建國大綱〉條幅，便感到我們有責任把復國建國的大業早日完成，以不辜負那位客死異鄉的老人，和尚在異國流浪的他的子女們的期望。

詩之旅・東歐行

一、瞻仰鋼琴詩人蕭邦

在所有的藝術表現中，除了文字外，音樂可能是最能表現詩境的一種藝術了。詩講究「無理而趣」，要超越客觀事實或邏輯，而創造出主觀的情趣感受來，音樂可說是這種「變調」的能手。

詩在表達人的悲傷、喜感、浪漫、激情、英雄、幻想、光明偉大等一切表情，而音樂不但能把人的這些主觀的情緒充份表達出來，而且還發揮得淋漓盡致。

現在有人提倡所謂視覺詩，聽覺詩，我想從音樂中最能獲得詩的聽覺享受。

這次我們到東歐遊歷的第二站，就是要到波蘭的華沙去拜訪有「鋼琴詩人」之稱的蕭邦——一位最擅長把音樂作詩樣詮釋的偉大音樂家。

在波蘭，蕭邦一直被他的國人所敬重所崇仰。我們到華沙，當地的旅遊局不待我們要求，首先一早就安排到市內的「華新公園」去瞻仰一尊蕭邦的塑像。

這尊塑像非常獨特，是坐落在四周有花圃綠地，前面有水池的廣場正中一座大理石座枱上。蕭邦是以側坐的姿態面容嚴肅的注視著前方，肩後的披風迎風招展。不可思議的是，塑像的右邊塑有一株合抱的大樹，樹的枝幹像被狂風吹倒一樣的，向左覆蓋在蕭邦的頭上，樹枝猙獰得像一隻伸出的巨爪樣的橫蠻，充滿駭人的威脅感，與蕭邦那凝重的神情形成強烈的對比。

看到這樣的一尊造形不凡的塑像，蘊含著形象以外豐富的象徵意義，我立卽想到如果有所謂視覺詩，不也應該就是這個樣子的吧，一切藝術的最高境界原來都是詩。

我問陪同我們的導遊依莎貝拉小姐這座塑像的背景，她說塑像是在一九一四年由波蘭全國人民出資請丹麥一位名彫塑家塑製的。蕭邦是一位極爲深愛自已祖國的音樂家，他的生命雖短，祇活了三十九歲，可是他的音樂卻一直在述說波蘭悲劇性的經歷，那株偏倒的大樹卽是波蘭一直被瓜分、被侵略的命運象徵。每年的四月到六月，都有音樂家到這裏演奏蕭邦的作品，尤其他那首懷着亡國哀思所寫的〈革命練習曲〉，隨時在提醒我們波蘭人自身的處境。

蕭邦的練習曲我是熟悉的，曾經買來給我那學琴失敗的女兒聽。其中作品第十號的第十二首，C小調，就是有名的〈革命練習曲〉，那一開始顯示動盪不安的一段不協和的和弦，接着的一連串失望和憤怒交織的音響，然後如波濤起伏的快速而又激情的旋律，都使我印象深刻。但是它對波蘭這個國家的意義，則是現在才開始眞正領略。藝術之能否可大可久，眞是恆在它能不能表達全面的情感呵！我是這樣暗自思忖。

隨後我們又轉到華沙的郊外拜訪蕭邦的故居，在一片綠樹圍繞的莊園中，我們走進一幢平民的小屋，這處他二十歲以前的生活天地仍然保持完整，那架他作曲用的古老鋼琴仍然放在屋子右邊的起居室裏，據說當年蕭邦在這裏彈奏時，窗外的庭園就會有村人守候諦聽。而今庭園裏仍然不斷播放詩樣細訴的琴聲，有凄宛綺麗的〈夜曲〉，有波蘭鄉土風味十足的〈馬佐卡〉、〈波洛涅茲〉，告訴世界，鋼琴詩人的詩魂永遠長存，祇要人類的耳朵沒被噪音阻滯。

二、藝術文化之都——布拉格

有時我想，世間還是閉塞些比較好，閉塞會產生神秘感，會使人產生一窺究竟的衝動，更會有突然發現後的驚奇和感嘆。這對寫詩的人而言是一種最好的創作刺激。詩人，即是對一切事物都懷著好奇的人。

東歐這塊大地對我們閉塞了好幾十年，我們懷著探秘的心情走去，眞的是不虛此行。載著我們行經東歐六國遊覽的雙層巴士一走進捷克的邊境，便使人感到這一路走的都是衹有夢境才有的丘陵。那大塊大塊，大到接壤地平線的收割後被陽光刺出金光的麥田，麥田緊接著的是整塊整叢的葱翠的松林，松林中間又突然嵌進去一大片好像從天空舖下來的綠地毯的草原，草原的一角是一幢幢色彩鮮明的小屋，和一座尖頂的小教堂。一路上除了公路兩旁連綿不斷的蘋果樹，和一畦畦一致舉頭向上看的鵝黃向日葵田，便全是這種色彩調配極爲分明的立體派畫景。那種安詳，寧靜和柔美，使我了解得過諾貝爾文學獎的捷克詩人塞佛特，爲什麼對他的祖國有那麼摯愛的讚頌。他說：

「無論何時何處我都聽到

那些鄉間的鐘聲
它們敲擊得很輕柔
且對我來說　似乎
在溫柔地低喚
達令　達令」
那達令、達令的呼喚就是大地之母在這兒的撫慰呀！

一走進布拉格，另外一種美的感受，一種使人精神飽滿的文化氣息簡直使我們忘卻旅途的勞頓。

布拉格是座山城，由十四世紀神聖羅馬帝國皇帝查理四世，亦即波希米亞王朝所興建。但是當地人都不叫這個城作布拉格（Prague），而叫布拉哈（Praha），我問對捷克歷史如數家珍的導遊胡魯玆先生，他說這是捷克語的暱稱，他們一直是這樣的用這個名字。

布拉格的美，美在她的古樸。歷史文化的古蹟多達一千七百多處，西方有名的建築模式，如歌德式、羅馬式、巴洛克式、洛可可式、古典式、新古典式，全在這裏出現，連橫跨在維爾辛巴河上通往古城的幾座橋樑也都是集巴洛克式、歌德式之大成而設計。從高處俯覽布拉格城，祇見城中到處都是高聳的尖塔，無不精雕細琢，充份表露藝術匠心，說布拉格是「藝術文化之都」決非過份。

布拉格有十五家劇院，無數博物館、美術館。每年舉行世界性的「布拉格之春」音樂會。我們未能趕上檔期。卻安排了參觀一場民俗歌舞表演；其中有一段是捷克民族歌劇，敍說捷克初代女王聽從民意選擇一位農夫繼任王位的浪漫傳說。妙的是舞台背景和劇場四周卻是用捷克名小說家哈謝克的《好兵史維克歷險記》一書中的好兵動作插畫。顯見捷克人是多麼以他們的民族文化自傲。而祇有對自己傳統文化的重視，一個民族才有希望和活力呵！

三、多瑙河上的雙子城——布達佩斯

東歐之旅永遠是令人目不暇給，隨時有令人感嘆的驚喜。離開了「水晶之鄉」的捷克，一進入匈牙利邊境，迎面而來的，有八千平方公里之廣的匈牙利大平原，以無際的麥田，玉米田，向日葵和錯落其間的草原，林相，舖展出我們齊向天地線奔馳的視野，和無阻無礙的心靈馳騁。呵！原來上帝對匈牙利人是這麼慷慨，怪不得他們一直受到外族的覬覦和侵凌，連我這個數萬里來的外客，此時也妄想在這裏化做一隻飛禽，逐無涯的翺翔之樂。

匈牙利的首都布達佩斯是我們此站拜訪的終點。這個東歐的大埠是由多瑙河分隔的古意盎然的布達市，和嶄新現代的佩斯市組成，有雙子城的雅號。東岸的布達市，當年哈布斯王朝的布達城堡仍高踞山坵，舊皇宮仍舊氣宇軒昂。城堡內極具特色的歌德式馬地亞斯大教堂頂上代表匈牙利精神標幟的烏鴉含環雕飾閃著金光，而鄰近多瑙河畔潔白一色的漁人要塞尖頂塔羣，則又使人如墜入童話夢幻。英雄廣場上七騎士護守天使的雕像，和環列四周的歷代英雄雕像都栩栩如生的在顯現匈牙利的建國史蹟。我們徜徉在這些歐洲中世紀遺留的文明盛景中，備感精神舒暢。也對匈牙利人對文化資產的保全和維護發出由衷的敬佩。西岸的佩斯市，摩天高樓林立，儼然一個高度現代化的都城。唯一使我們印象深刻的是，幾處象徵共產統治過的雕像和壁雕，都已遭到破壞，我們看到一處街頭廣場上，一座身首異處的雕像被棄置在一堆廢墟旁，導遊說那就是列寧，還加上一句「不是東西」的咒語。

我們在匈牙利吃了好幾頓飯，嘗到有類似我國北方口味的「麪疙瘩」和「油餅」，使人倍感親切。顯然這是當年元世祖成吉思汗旋風式的橫掃歐洲時，入侵匈牙利所留下的一點點東方吃的文化。但是國內某些書中說匈牙利是於公元一〇〇一年由匈牙利的後裔所創建，則經我與當地人求證，全屬附會之詞。於公元一〇〇〇年在匈牙利加冕爲王的是九世紀來此的芬蘭馬札爾人後裔斯蒂芬一世。當時一共有十個馬札爾游牧部落號稱「十支箭」入主這塊多瑙河中游的土地。「匈牙利人」是「十支箭」的斯拉夫語音，我們竟因同一個「匈」字而把他們攀爲遠親了。我看到匈牙利各地的天主教堂均有以「聖・斯蒂芬」命名的，一問即知爲的是紀念他們這位開國元勳。

在不覺中，我們最熟悉的匈牙利事物，也許還是那首耳熟能詳的五言詩〈自由與愛情〉了。詩曰：

「生命誠可貴，愛情價更高。
若爲自由故，兩者皆可拋。」

這是十九世紀匈牙利一位最偉大的詩人裴多菲（Petöfi Sandor 1823-1849）的作品。菲氏曾爲爭取自由，親身投入匈牙利反抗強權的革命陣容，然後在一次戰役中殉身。這首詩是在二〇年代由我國的一位詩人兼翻譯家殷夫譯成如此流暢的五言體，流傳至今。在這布達古城的裴多菲塑像上，也鐫刻有這首作品，隨時對匈牙利人作精神的點醒。

四、「東西」不再是東西

「張著噩夢後的半信半疑／許多歡呼從淚眼中醒來／好久好久了／我們的呼吸，被／

牆／活活地劈成／兩片……

歡呼從淚眼中醒來／我們原是兄弟／請牽我手／將掛毯自眼前取走／貼我的心／齊齊跨入無界的天空／讓四十歲的東西／不再是東西

……………………」

上面這些詩句是女詩人尹玲博士，最近在報上發表的詩作〈那一夜圍牆睡成歷史〉中的前後兩段。發表的時間正好是在東西德統一後的歡愉中，讀來饒富意義。尤其後面兩句的「讓四十歲的東西／不再是東西」，語意雙關，發人深省。在這自由民主的波浪澎湃洶湧，分裂主義大多遭唾棄的今天，不但「東西」不再是東西，連「南北」也將不復分南北了。而我們的海峽卻仍作兩岸的堅持，實在令人慨嘆。

此次東歐之旅，我們訪問的第三站卽是東德，而到東德最感興趣的是看分隔東西德的「柏林圍牆」。這座圍牆全長一百六十一公里，把二次戰後屬於蘇聯管轄部份的柏林城區，以內外兩道牆與外界全然分隔，而且是在一九六一年八月十三日一夜之間動員全部兵力築起的。圍牆每隔一段距離設立一個檢查哨，共計三十五處，以監控東德人民不會有越牆的行動。

然而我們到達東柏林時，這座人爲的天塹眞的已經「睡成歷史，永不翻身」了。從前透過電視新聞所遠遠看到的布蘭登堡大門內大片的陰森荒寂，僅有二三武裝軍人巡弋的空曠景象，而今成了萬頭鑽動，車水馬龍的歡樂廣場，鱗次櫛比的攤販，在兜售那昔日恨之入骨的圍牆殘骸，和東德士兵所穿戴的軍衣、軍帽、徽章和流行在鐵幕國家的蘇聯紅星手錶。圍牆拆得只剩下半條街的長度，大概也是留作歷史性的紀念吧！藝術家們現在已在上面各展天賦，奇怪的是有一塊上竟然出現了中文，而且是申討「六四」的詞句。

我們沿著「思德林登」大道，到達布蘭登堡後面原圍牆中心點檢查哨的遺跡處，在穿梭來往於東西柏林交界處的人羣中拍了許多照。我看到有位異國女士拍照時，雙手展開，離地跳起作飛翔狀，十足顯出獲得自由後的興奮。

圍牆或藩籬設來原是拑制人的相互交往的，但任何設限終擋不住自由開放的心靈。東德人民之終於唾棄思想之無形設限，和既而推倒水泥磚塊的有形設限，唱出睽違二十八載後的團圓〈歡樂頌〉，無疑是人類在他自己生活方式選取上的一大勝利。美國已故老詩人佛洛斯特有一首詩叫做〈補牆〉，他就非常置疑那種以為築一道牆，就會有「好籬笆造就好隣居」的分裂想法，他說：

「在那地方根本就不需要牆。

他家種松樹，我家蘋果園，

我家的蘋果樹又不會過去，
吃他樹下的松毬果，我對他說。」
好事的人兒啊！大家相安無事一起生活就好，何必堅持要築一道圍牆。

五、歡樂呵！美麗神奇的火花

東歐之行，最豐富的視覺享受大概就是在各地看到數不盡的各種不同的影像，他們有的是帝王將相，有的是政治領袖，但更多的是詩人、文學家、藝術家、音樂家。這些影像都栩栩如生、表情豐富，使人有見像如見其人的眞實感受。

到東德那天，我們去參觀在東西柏林交界處的布蘭登堡門，可是不巧，這座門因封閉過二十八年，現在正作開放前的整修，全被鷹架和膠篷所遮擋。我們匆匆流覽轉到亞歷山大廣場去參觀。在國立圖書館前我看到一座潔白偉岸的大理石影像，影像下的四周環坐著也是白大理石彫的四個各種不同表情的人，有的拿着一把五弦琴，有一個甚至還捧著書本在唸。

我問碧眼金髮的東德導遊小姐，這座神氣的影像是誰，爲什麼這麼高貴特殊，她沒有正面回答我，口裏卻哼起一段樂曲給我聽。

我聽得出那是貝多芬第九交響樂結尾雄渾的合唱曲〈歡樂頌〉。我遲疑的問：「難道是貝多芬？」因爲我看過的貝多芬像好像不是這個樣子。

她說不對，是寫〈歡樂頌〉頌詞的大詩人席勒。

原來是席勒，我的心中爲之一亮。這個喜歡將蘋果放在抽屜中腐爛，以便常常聞到臭味，刺激寫詩靈感的詩人；這個像我一樣，自幼就被迫進入軍校，在軍中培植出寫詩興趣的詩人；這個會在雷雨交加中，攀上樹頂，要看看雨水到底是從天空那個地方掉下來的詩人，原來就是這個樣子，這樣的雍容大度，這樣的受人臣服。

席勒的〈歡樂頌〉早年我讀德國詩選時就已讀過。這篇頌詩共分八段，開始和最後一段記得是這樣的：

「歡樂呵，美麗神奇的火花，
　　極樂世界的仙女。
仙女呵，我們如醉如癡，
　　踏進你神聖的天府。
被時間無情分隔的一切，
你的魔力會把它重新連結。

只要在你溫柔的羽翼下，
四海之內都會成爲兄弟。

×　×　×

對著這金色的美酒起誓，
我們要鞏固這神聖的團結。
面對星空的審判者起誓，
我們要對這盟約永遠忠實。」

這首〈歡樂頌〉是席勒在二十六歲時（1785年）的作品。是他逃出君主專制的軍營，擺脫貧病交迫的逃亡生活後，內心充滿了自由和歡樂，對人類和世界未來充滿信心時所抒發的讚頌。由於詩句激情昂揚，使人精神奮發。貝多芬年輕時就深受這首詩的感動，想爲詩譜曲，但卻花了三十年的經常構思，最後才在他的最偉大的第九交響樂的最後一個樂章中，駭天震地的出現，詩和音樂從此永遠交響在世人的耳中。

我面對彫像欣賞片刻之後，對美麗的導遊小姐說，現在你們該是高唱〈歡樂頌〉的時候了。她笑著說：「是呀，分隔的圍牆終於倒了，我們德國人又重新連結在一起，希望充滿在我們每個人心中。」

蘇拉克洞窟記遊

最近臺北的一家報紙上，報導了本省南部鵝鑾鼻風景區的幾處鐘乳石洞窟遭受破壞的情形，甚至一家特產店裏還陳列着一株株砍下來的鐘乳石，標價奇高的在出賣。一位韓國的洞窟專家看了之後，痛心不已，認爲這些歷經好多個億萬年才形成的天然景觀，應該是國家最珍貴的財寶，竟然是這樣的糟蹋掉，居然沒人去管，使他既納悶又震驚。看了這段新聞之後，使我想起在國外參觀過的幾座藏有鐘乳石的洞窟，看到他們那樣視爲國寶樣的呵護保管，實在不可同日而語。

也許我們對洞窟方面的研究還沒有起步，也從沒有人提醒政府有關部門注意過。現在正值文建會著手從事保存本省天然資料文物的時候，經過這件新聞的報告，也許會對本省一些稀有的洞窟寶藏付以重視。筆者搜索記憶和根據一些筆記資料，願將前年遊覽過的蘇拉克洞窟（Soreq Cave）有關情形寫出來，也許可供參考：

蘇拉克洞窟位於耶露撒冷以北的約旦山西部的斜坡上，此地屬以色列的阿夏隆保留區。洞窟的地方原本是一片採石場。一九六八年五月間某一天的一次採石爆炸時，這座深藏在地底下多少個億萬年的神奇而玄妙的世界才被發現了出來，爲世人開啓了一次新的眼界。現在每天前往參觀的人絡繹於途，爲當地政府帶來了一筆不小的觀光收入，赴耶露撒冷朝聖的人多半會附帶增加此一參觀鐘乳石洞的節目。但是觀光客欲進入洞中並不簡單，不但要耐心的排隊等候，而且每次只准進去一組約廿人，等這些人進去到達洞中的中途之後，再放另一批進去。而進去之後並不先讓人參觀，而是作一個幻燈簡報，除了介紹洞中的大概情形外，便是請觀光客遵守下面各種規定：

「第一、不可離開走道，隨意走動。第二、不可抽香煙。第三、保持肅靜，嚮導會沿路詳細解說。第四、不准觸摸鐘乳石和石筍。第五、不可帶動物進入洞中。第六、不准帶武器（包括小刀）進入洞中。第七、除了特定日期和時間外，不准攝影。第八、不可離羣單獨行走。第九、絕對遵守監守人的指導。第十、以上各項規定均經立法，違者必究。」

這個洞窟的門分左右兩道進出。洞門口是用鋼筋水泥加固建造，但是沒有裝門扇，而是用一塊厚厚的布幔擋住，開放進去時，把布幔掀起讓人進入。進去左拐先進入簡報室。室內沒有燈，完全靠掀開布幔漏進的光找座位，待坐定後，布幔放下，幻燈打開講解。聽完簡報然後由兩位嚮導一前一後手持電筒導引觀光客由隧道往洞中進發。此時洞中黑漆一片，全賴嚮導的手電光摸索石級往下行走，待走到一處比較寬的地方時，嚮導停了下來，跟着眼前燈光一亮，參觀的人無不一聲驚呼，原來觸目所及均是冰肌玉骨的景像，洞頂上吊着的是一支支晶瑩剔透的鐘乳石，地面上則是一叢叢白晰豐盈的石筍，高高低低，形形色色美不勝收，如果人間眞有所謂廣寒宮的話。大概的氣勢也不過如此。此時嚮導便開始用英語講解這個石洞的形成。

據嚮導說，大約在十幾億萬年以前，地質學上稱作新生紀的年代，這個地區原本是爲海水所覆蓋，海底下積存着由海中各種生物骸骨所碳化了的沉澱物，這種沉澱物以每一千年十公分的厚度積存下來，硬化成爲由石灰石和雲母石構成的岩石。這些岩石日久以後由於受到地殼越來越厚的重壓，便會有移位和出現裂縫的現象，水也浸入了裂縫。由於水在泥土中吸收了由腐根敗葉所放出的二氧化碳，因而產生酸性，而將岩石溶解腐蝕。這種過程雖然很慢，但經過多少億萬年之後，岩石的裂縫會越來越大。當週遭的岩石都因腐蝕而溶解時，洞窟便慢慢逐漸形成，最後終於成了現在這個寬廣的地底世界。但是，現在我們燈光所照到的還只是洞窟的一部份，整個洞窟的面積是四千八百平方公尺。

說到這裏，嚮導又帶領我們繼續前進，燈光跟着就隨手熄滅。我們仍然在他的手電燈光下摸索前行。轉彎抹角，高高低低，直到又到了一處寬廣的地方，他又停了下來，燈光又在這一地區開亮。當然我們觀衆又一聲驚呼，因爲這裏的景觀比以前的更奇妙。密集的鐘乳石和石筍構成了各種奇觀，有些鐘乳石像垂下來的水晶燈飾，一束束一叢叢。有的像一枝枝倒掛的巨型中國毛筆，筆鋒長而又尖，有的吊掛的鐘乳石與地下的石筍相對應的成長，或尚隔一段距離，或近在數吋之間，更有已經上下吻合，再也看不到接縫之處。還有些地方的鐘乳石一排排的成長，把一塊地方像屏風樣的隔開另成天地。嚮導這時便又開始介紹鐘乳石和石筍形成的過程。

他說，隨時光的流轉、地殼的變遷，這塊本來是海底的地方變成了陸地，地下水的水位也下降。此時岩石的溶解停止。當飽含着石灰石溶液的水滴出現在洞窟的頂上時，二氧化碳消失，殘餘的石灰石便會開始結晶，每一水滴的直徑約爲五公釐，石灰石則以環狀的形狀凝固。這樣一個環一個環的連結起來，便成了中空的通心粉條鐘乳石，它的成長率是每年零點二公釐，有的通心粉條鐘乳石可長達一百公分，要長五千年才成這個樣子。如果水滴出現時受到任何阻礙，則其他形狀的鐘乳石就會出現。又如果水滴的流動不勻稱時，就會凝成布簾狀的鐘乳石。他指着靠近洞壁上的一排鐘乳石給我們看，果然就像一道折疊的窗簾布樣的鐘乳石樣掛在壁上。

說到這裏，嚮導的腳步又移動了，我們又跟着他電炬的光線引導往另一區進展。到了這裏他特別用電筒光指出許多聳立在高處的石筍給我們看。他說有些石筍唯妙唯肖的酷似一些有名的偉人，他指出了一個像美國總統林肯的石筍，我們仔細的端詳一下，確實就有那個樣子。他要我們自己去找尋，說不定可找出我們腦中熟悉的人物。我看到一堆前後參差的石筍，活像我們關老爺帶着關平周倉兩個人。又有一支石筍很像我們民間所崇拜的觀音大士立姿。至於像寶塔，城堡者到處都是。

據嚮導的解釋，石筍的形成是由於水滴的落速太快，快到二氧化碳沒在空中及時擴散就落到地上，石灰石在地上晶化就慢慢形成石筍。至於形狀則隨水滴的落速和濺出去的地形而異。有些居然會形成一株株像海中的珊瑚枝，又有的會形成一串串鈕扣的形式，眞是五花八門，無奇不有。

當嚮導再度引領我們到一處地方時，我們發現洞窟的一角，有一種更令人驚奇的鐘乳石，那裏有一處小水池，池水已經乾涸了。但在池面上卻有一堆堆像水仙花似的鐘乳石。據嚮導說，像這樣的水池，洞窟中至少有十處。

這時嚮導又告訴了我們一些這個洞窟的歷史，他說洞窟中的岩石至少已有八億到十億年的壽命，洞窟的形成則是約在一億到八千萬年前開始，至於鐘乳石則是約在五百萬年前開始形成。洞頂的最高處爲十二公尺。洞內的溫度過去爲攝氏廿點五度，現在爲廿三度。他們在一九六八年發現這個洞以後，政府的天然資源管理委員會便接收保管。花了十年的時間予以規劃整理才公諸於世。在這十年的規劃期間，他們要解決的是既要保存洞中的鐘乳石和石筍不會受損且繼續成長，又要使世人能目睹這些寶物。他們所面臨的問題是：

如何建造一條不會破壞石筍的步道。

如何繼續維持鐘乳石和石筍成長必需的濕度。

如何阻止洞中溫度的昇高。

如何防止因光線侵入而生長的藻類。

如何避免遊客呼出的二氧化碳的積存。

聽完了嚮導的這一番解釋，我們終於爲我們這一路參觀的許多不便和存疑找到了答案，心中不得不佩服以色列當局考慮之週詳和保存這些國家珍寶的用心。

出得洞窟之後，我們在洞裏不知不覺已經待了將近一小時，我們從遊客服務處所獲得的一份資料看出，這個蘇拉克洞窟比起分佈在全世界各處的洞窟，只是最小的一個。證之我在比利時中部所參觀的另一巨型洞窟，也確實是眞。但講內容之豐富卻是世界之冠。幾乎滿洞之中，所有的空間全部均是目不暇給的鐘乳石和石筍，而且各形各狀、變化萬千，怪不得該份資料一再的呼籲遊客要珍視這個天然的寶藏，並好好保管直至萬代之後的子孫仍可分享。

訪《少女日記》作者故居

去年秋天，我因公司業務赴歐。那天當飛機飛至荷蘭首都阿姆斯特丹時，才早上七時。本來應當在休息兩小時後，立即轉機飛丹麥首都哥本哈根，誰知對方的機場因故關閉，飛機無法前往，而被迫在阿姆斯特丹停留一天。

荷航把我們安排在城內市中心靠近皇宮的卡拉斯那波內斯基大旅館住宿。當時雖才十月中旬，天卻奇寒，氣溫只有十一度左右。而且天氣陰沉，不時飄着細雨。用電話找來一位荷蘭友人，他以主人的身分問我們要如何消度在阿城的一天。同時找來一份阿城旅遊指南，要我們挑選想去的地方。

阿城在兩年前我曾來過一次，而且住了三、四天。但除了夜晚遊了一趟運河，參觀了鑽石切割中心外，其他地方也沒時間去拜訪。現在我拿了這份旅遊指南，看看阿姆斯特丹排出來可供遊覽的地方不下四十五處之多，各有其吸引人之處，眞是難以取捨。譬如有名的里吉斯博物館，那裏收藏的名畫就夠人大開眼界，尤其荷蘭大畫家雷姆卜蘭特那幅「守夜者」就久已聞名，來了不看，眞是可惜。又譬如有名的花卉市場，光看那上千種的荷蘭名花鬱金香，就敎人不虛此行。但我找來找去，這些早就仰慕的地方都沒有選上，而選了「安妮佛蘭克之家」這個並不顯眼的名勝。荷蘭朋友雖然是在阿城土生土長長大，但他對這個地方一點也不熟悉，看起來甚至都沒有去過。他看了看所在的地址，又去阿城的地圖上去找，找了半天才在阿城靠西的一條運河邊找到了這條賓遜格蘭傑特街。他說這個地方離旅館很遠，他因城內停車不便，沒有開車來，要去得走路才行。我說天冷正需要走路暖身，於是我們便沿着一條條的運河，左彎右轉的往西走去，走了約半個小時才找到了一處極爲普通的舊四層建築，門口有一塊極不顯眼的白漆牌子，寫着「安妮佛蘭克之家」。

提起「安妮佛蘭克」，我想年齡在四十五歲以上喜歡文學，關心過二次世界大戰的人應該還有印象。民國四十七、八年左右，一本風行世界的《少女日記》卽是由安妮佛蘭克所寫。這個安妮佛蘭克之家卽是當年安妮和她家人爲躲避德國納粹的搜捕而匿居的地方，日記內所記的一切都是在這裏發生。

原來安妮佛蘭克的父親奧圖佛蘭克原本是居住在德國的猶太人。一九三三年殺人魔王希特勒掌權以後，認爲只有他們德國的印歐族才是世界上最優秀的民族，其他人都是劣等。而尤以猶太人最賤，便起而排猶，蓋了很多集中營關猶太人。奧圖佛蘭克一看情勢不對，便毫不遲疑的舉家逃到荷蘭，其時安妮才只有五歲。

但是躲過了在德國的浩刼，並不就是掙脫了魔鬼的陰影。一九三九年二次世界大戰發生，翌年五月荷蘭便被德國佔領。納粹德國的那一套消滅猶太人的計畫又帶到了荷蘭。幾乎有十四萬在荷蘭的猶太人，其中包括兩萬五千來自德國者，不是送往集中營，就是送進煤氣間處死。佛蘭克這一家就匿居在這棟房子後進的兩層閣樓上，靠着朋友的接濟，而苟活了廿五個月。

當時只有十三歲的安妮，把匿居在這個絕不能讓別人知道的地方的一切生活情形，詳細的記錄在日記裏。筆者年輕時曾經從頭至尾讀過這本日記的英譯本，深爲其中恐怖求生的情節留下難忘印象，而今有機會能親自目睹這棟不凡的屋子，當然不願輕易錯過。

這是一棟典型的阿姆斯特丹式的窄而高聳的房子。迎面四層樓均有大玻璃窗，站在窗前卽可俯視下面的運河和對岸同樣瘦高的建築。這種房子除了正面看起來很窄外，而且縱深很長。據荷蘭朋友說，這是因爲當地的人認爲房子越有深度，房子的價錢就越高。因此人們就儘量把房子往深裏造。但是房子又不能太長，太長會沒有光線。於是便把兩棟房子背對背的造起來，中間隔着一個天井，和一個加高的閣樓。安妮佛蘭克一家就藏在這棟房子的閣樓裏。這棟房子很古老，據說早在一六三五年卽已造好。而閣樓則在一七四〇年就是這個樣子。

現在這棟房子是由一個叫做安妮佛蘭克基金會的機構在管理。每天定時開放供人參觀。參觀者進入樓下的大門首先得買入場券，然後左轉進入樓梯間上樓。樓梯很窄很陡。走上樓梯後我才瞭解阿姆斯特丹的每棟房子房頂正中都垂下一隻大鐵鈎的原因，原來那都是用來吊大東西，從窗子搬進樓上房子裏的，從樓梯根本拿不上去。上去三樓後，往右是一間展覽室，裏面掛滿了二次世界大戰時納粹德國的暴行圖片，看了令人髮指。

直往前走，則進入一間右邊有窗臨向天井的走廊，走廊的盡頭卽是通往安妮佛蘭克一家人藏匿的閣樓通道。這個地方在當時是用一只有鉸鏈的書架擋住，使人看不出那裏還有一個門。現在書架仍然好生生擺在一邊，裏面還放了幾本發黃的書。

通道的門很小，僅容一人低頭跨入。進入之後往前走幾步卽是安妮的父母和姐姐瑪格麗特住的地方，約三坪左右。牆上還可看到掛得有一張羅曼弟的地圖，上面有盟軍軍事進展的記號。記得安妮在日記中經常記述他們用無線電偸聽廣播，大概記下來的戰況消息都靠這張地圖來對證了。

地圖的旁邊牆上有幾條線顯示佛蘭克兩個女兒成長的記號。房子的裏間卽是安妮住的房間。房間很小，成狹長形，頂多不到兩坪。牆上還留得有安妮剪貼的電影明星照片，像琴裘羅吉斯、平克勞斯貝、勞勃泰勒等老一輩的好萊塢明星都有，這兒就是安妮那本歷史性日記的原產地。

房間的一頭通至靠天井的走道。走道的一角是盥洗室，另一頭是往四樓的樓梯間，當年德軍佔領時，安妮他們只能在夜間使用盥洗室，因爲怕抽水馬桶的放水聲會傳到外面，而被發現和出賣的危險。

再登上樓是另一對猶太夫婦，也是佛蘭克先生生意合夥人范丹安夫婦居住的地方，同時也是這兩家的廚房和起居室。當年德國佔領時，這些房子的窗戶，一到晚上就必須拉上厚的簾子以防燈光外洩，遭盟軍轟炸，這樣當然也對這些藏匿的人有利。現在窗子上的黑布幔仍在。

房子外面靠近天井也有一小走廊，范丹安夫婦的兒子彼特就住在這裏。從這裏還有一道小樓梯，直達屋頂間，那裏是他們存放糧食的地方。房頂有一小窗，這是整個閣樓唯一可以放心打開的窗子。因爲外面都是別家人的屋頂。

到了這裏這些人的整個活動空間全參觀完了。在這樣一個小天地裏，他們必須不動聲色，時時緊張，處處留心，而且在物資奇缺的情形下過日子，其所表現的求生意志，眞是令人感嘆佩服。

從藏匿的閣樓經過一道走廊，到了四樓的正屋，這裏是安妮日記的展覽室，裏面四壁掛滿了安妮和她一家人的生活照片，以及安妮從嬰兒至成長至十四、五歲的個人照。根據資料介紹，他們藏匿的這處地方是一九四四年八月四日被一輛德國軍車滿載士兵破門而入而發現的。德國士兵進門以後命令各人把他的值錢東西都拿出來。一個士兵搶走了佛蘭克先生手上的公文包，那裏面裝得有安妮的日記本，但是德國士兵把日記掏出來丟到地上，空出公文包去裝值錢的東西。後來還是等這些人抓走後，一位佛家從前的打字員梅甫先生，也是一直在暗中幫佛家買糧食用品的好心人，到現場去收拾東西，才把日記收起來保管。直到唯一的生還者佛蘭克先生從集中營回到阿姆斯特丹，梅甫先生才交給他。而於一九四七年正式出版。現在這本日記已經翻譯成五十多個國家的文字，總發行量超過三百萬册。而且還編成劇本和電影。

房子進門的右邊就是一個展覽各國日記版本的大玻璃橱，共有四十五種之多。而其中擺在最前面，最顯眼的一本就是中文本，是由臺北市淡江書局出版，彭恩衍先生翻譯。回來之後我曾到淡江書局去找這個譯本，可惜據老闆說，他們只印了一千册，賣了十多年才賣光，現已無書。

當然，這間展覽室中最引人注意的還是日記的原稿。那是屋子前方正中的一個大玻璃櫥裏。安妮的日記是寫在一本長約卅公分，寬約廿公分的白紙本子上，字跡非常流利娟秀，而且整齊有序，眞像是印在紙上那麼漂亮。這種字出之於一個僅十三、四歲的女孩子之手。而且是那麼一種長期惶恐不安的狀況下執筆，眞多虧了這個不屈的小心靈。試想一個十三、四歲的小女孩正是做夢愛玩的年齡，她的手上應該是捻着鮮花，捧着糖菓零食，怎麼竟會是讓她拿着一枝如椽的筆，寫出一個時代的見證，這是多麼不相襯，不諧和的事情。但是儘管有這麼活生生的見證，據展覽場所的資料顯示，現時西歐的各種新納粹組織認爲希特勒所統治時的德國並不壞，他們否認曾經集體屠殺猶太人，認爲是猶太人揑造出來的，甚至說根本沒有什麼安妮日記，完全是虛構。

從室內旋轉梯經過三樓的展覽室到了二樓的前樓，是另一間新聞資料陳列間，一頭的架子上放着各種小册子，裏面都是登載現今世界各地所發生的種族歧視、偏見和受壓制的情形。這些資料都是安妮佛蘭克基金會搜集來的。他們認爲法西斯的獨裁思想並沒有從這個世界上絕跡，新納粹主義者仍然企圖重獲權力，而一些所謂民主國家也照樣違背人權，大多數的人仍被他們認爲次等民族。因此這個基金會不但要一直開放這個地方，使人知道過去的錯誤，而知所警惕，而且要繼續承繼安妮的奮鬥精神，創造出一個安妮所嚮往的美好世界。

再往下走到底層是安妮佛蘭克基金會的展覽場所和出口。這個基金會在世界很多地方都設分會，他們的活動情形，各種海報和照片都在這裏展出。總會這裏還設得有教育部門，特別是對低階層的民衆和學生經常舉辦講座，讓他們記取歷史的教訓，勿再踏覆轍。

基金會是個阿姆斯特丹地方的民間組織，沒有政府的支援，因此所有的活動和這棟房子的維護，都全靠參觀者的門票收入和捐款來維持。在出口的地方就設有一個捐獻箱。同時設有一個留言簿，供參觀者提供意見。我在捐獻箱投下了廿個基爾德。在留言簿上寫下：「盼這個世界永遠不會再有第二棟安妮佛蘭克之家，願我們中國人所憧憬的大同理想，趕快在這個世界實現。」

走出安妮佛蘭克之家，天仍飄着細雨。冷風一下子把我刺回到現實。使我猛然憶起當時剛發生不久的黎南難民營大屠殺。心裏悵惘着人類這種可恨的愚昧無知，不知要到何時才能從根有個大覺悟。

安靜的巨獸

旅遊是一件不可多得的人生樂事，就一個中國人而言，到歐洲去遊歷一趟更是人生歷程上一種豪華之舉。我平生走過不少地方，從前在大陸上，由於逃難和軍旅的關係，南南北北幾乎全有我的足跡，來臺後由於讀書和公務，也曾到過美洲新大陸兩趟，日本、琉球、越南都曾作過短暫的訪問。但是直到今年九月以前，我從未夢想過今生我還有機會到歐洲去走一趟。所以當機會證實以後，幾乎難以按捺那份興奮而又複雜的心情。

從臺灣到歐洲如果拿地圖來看，眞是嚇人，幾乎要走完半個地球才能到達。但是說來也難令人相信，我們從香港搭晚上十點的德航班機，第二天早上七點正就到了西德的法蘭克福。看起來才飛了九個小時。事實上全不是那麼回事，中間要加上八小時的時差，我們在半天雲裏就像追日的夸父，一路上都撲空，直到飛至歐洲的邊境，大約是土耳其的伊斯坦堡上空，才把那一襲從未見過的那麼長的夜抖落身後，重見了黎明。

長途飛行，對我而言，並不是一件新鮮的事。記得十八年前赴美讀書，那時噴射客機尚未普遍應世，坐著四引擎的大飛機，從臺灣往菲律賓、關島、威克島、檀香山至美國本土，整整飛了四十多小時，簡直坐得昏天黑地。而現在是舒適的DC十型超級客機，再加上德航首屈一指的空中服務，一個特長的夜似乎也就毫不費力的輕輕渡過。

我說德航的空中服務是首屈一指絕對不是胡謅。這次赴歐轉了一圈前後坐過五家航空公司的飛機，分別是華航、德航、環航、荷航和新航。其中以德航的起降最準時，時間表上印的是早上七時到達，絕對一分一秒也不躭誤。就吃的喝的言也以德航的最周全。新航居其次。而要談到空姐的服務精神更非德航空姐莫屬。這些德國佳麗一個個身手矯健、精神飽滿，前後不停的穿梭服務，似乎永不厭倦。她們並不貌美，也不特別穿著，就像家庭主婦樣讓你賓至如歸，焉有不讓人稱心如意之理。

微笑的法蘭克福

未到德國之前，我們聽到過很多有關德國的事情。其中最令我們擔心害怕的就是德國人的傲慢，據說德人雖受過兩次大戰的挫敗，但仍堅持日耳曼民族是世界上最優秀民族的傲氣，不太容易接受人。尤其對於我們中國人請求簽證入境百般刁難。所幸我們簽證是透過香港德國領事館就辦好了的。下了飛機就提心吊膽會看入境官員的嘴臉。

「從中國來的嗎？」那位小鬍子的青年入境檢查人看了一下我們的護照說：「是中國大陸，還是臺灣？」

「中華民國的臺灣。」我們回答。

他那嚴肅的臉上馬上綻開了笑容。嘭的一聲在護照上蓋了一個章，就讓我們入境。

所謂入境就是走進西德開向空中的大門法蘭克福。這座航站大廈眞是大得驚人，光是登機門就有卅六個，所有進入西德的國際航線和飛往西德國內各大城的飛機都是以這裏爲中心，以電腦操作管理。怪不得德航在其宣傳品上稱之爲「歐洲心臟的超級機場」。從空中看下來整個建築就像一隻趴在地上，張牙舞爪的機械怪獸。

我們在西德只待了五天四夜，卻跑了四個城市，分別是法蘭克福、波昂、烏爾蒙和慕尼黑，可說到處都是來去匆匆。法蘭克福位於萊茵河東部支流美因河的北岸，是個非常現代化的城市，城內高樓大厦林立，而又以銀行最多，故又稱爲銀行市。世界強勢貨幣之一的馬克，即是以這裏的動靜爲依歸，可說是歐洲的金融中心。對於這樣一個被巨厦陰影籠罩的現代都市，我們實在沒有多大興越，尤其離車站不遠處那些公開招搖的性商店和不停放映的性電影，令人感到噁心，然而令我非常意外的是，在市中心的一處街頭公園處，竟發現一尊詩人哥德的立姿銅像矗立在那裏，只見他一手握詩卷，一手持荊冠，凝目遠眺，好一派氣宇軒昂的氣象。原來法蘭克福是哥德的故鄉，他的許多傑作都是構思於此處。我這次來歐本來就毫無尋章摘句，會見高人之意。所以這種不期而遇的瞻仰到久仰的狂飈時代浪漫大師，心中不無幸會與興奮之感。

美麗的萊茵河畔

波昂是西德的首都，居萊茵河西岸，四境均屬工業區。這次來歐，波昂本來不在行程之中。但是由於回程要經過新加坡，而在臺北時又因準備過於匆忙，沒有去辦新加坡簽證，所以必須趁在德停留較久的機會，趕往在波昂的新加坡大使館去加簽。從法蘭克福去波昂必須坐火車，而火車卻沿著萊茵河畔行走。讓我們來回兩次飽覽了萊茵河的美麗景色，萊茵河源出瑞士南境，流經德、荷入海，全長一千三百餘公里。由於疏濬維護得法，由瑞士的巴塞爾至海口，完全通航，成爲一條國際航道。萊茵河的美，美在兩岸的景色。夾岸的青山，山上不時出現的古堡，岸旁由哥昔克式精緻小屋組成的村落，再加上河上來往穿梭的五顏六色的觀光畫舫，一眼看去眞恍如童話中才有的仙境。就我這樣一個在江邊長大的人而言，某些時候眞恍如走在歸鄉的路上。因爲小時候我在故鄉湖南讀書時，每年寒暑假返家也要好幾次這樣傍湘江而行，好些地方的景致也像這樣美不勝收。但是這種暇想要不了幾秒鐘就會爲一旁那位好心的巴伐利亞人打斷，因爲他一路都在義務的介紹沿途的風光。

新加坡駐德國的大使館是在波昂市區一條清靜的小街上。那一帶全是不太高的房屋，大概是一個住宅區。使館很小巧，負責辦理簽證手續的兩位帶中國血統的小姐也小巧玲瓏。他們也沒什麼櫃臺，只在進門的樓梯間擺上一張桌子和一臺打字機。我們領了表格，就在旁邊的小客廳塡寫，塡妥之後隨同護照交出，不到幾分鐘就把簽證辦好。也不要什麼簽證費用。眞是世界上最方便簡單的簽證手續。比起日後我們在荷蘭辦理的法國簽證，眞是不可同日而語。新加坡這個新與小國之受到世界好感，辦事效率高，手續簡化大概也是一個原因。

多瑙河畔的烏爾蒙

我們從法蘭克福到西德南部的烏爾蒙是坐的德航國內航線，寬大的空中巴士上滿是觀光客，四十五分鐘後飛機降落在司多加機場，然後改乘租來的小型巴士往烏爾蒙進發。這一路的車程是一小時廿分。乘此機會我們好好欣賞了德國鄉野景色。使我們驚奇的是卽使在鄉村的地方，德國人也都作了有計畫的開發。一塊塊開闊整齊的田地，一片片茂密的樹林，四通八達而又平整的鄉村道路，沒有一塊雜草叢生的荒地，無一處不是使人看來舒適的景色。從這些地方可以充份看出德國人求實務本的精神。

烏爾蒙是一個小城，人口才不過十三萬。城雖小，但是在德國歷史上卻是一個兵家爭勝之地，普法戰爭時，拿破崙曾在這個地區纏鬪過很長一段時間，至今仍爲軍事學家引爲一次重要的戰例。城內有一座已有六百多年歷史的古老教堂。從教堂細細的尖頂至地面高達一百六十一公尺。遠看極爲雄偉，近看則已呈現腐損，多處地方靠高大的木架支撐。進教堂參觀得買門票，因爲裏面藏有很多宗教古跡。教堂右方再往前走，就可看到繞城而過的多瑙河。原來音樂家斯屈勞司筆下的多瑙河係源出德國南境，流經奧地利、捷克、匈牙利、南斯拉夫、保加利亞、羅馬尼亞而入黑海。烏爾蒙離多瑙河的發源不遠。我們去拜訪久已聞名的多瑙河時正値黃昏，天色昏明，蹀躞在那有點像古老城牆的河堤上，這一面是灰濛的中世紀古老房屋，而河對岸則是一片燈火的現代住屋羣，中間流著並不很「藍」的多瑙河水，初冬的寒意襲來，一切都是那麼沉靜，令人有一份時空上的迷離感。這個古典的小城確實美得使人流連，據說當年的德皇查理第二，還曾特別來此幹過一次風流韻事。

啤酒之鄉慕尼黑

慕尼黑是西德南部的政治、文化、經濟中心。也是二次世界大戰罪魁禍首希特勒的原居地。位居伊薩爾河畔。附近地形崎嶇，森林茂密，風景極佳，慕尼黑市區也仍保持著古老的特色。遊慕尼黑最不可錯過的地方就是一九七二年的奧運會場。那座馬戲團帳篷似的大運動場，構成的奇妙，堪稱世界建築的奇跡。而到了這個地方更不可不登那座象徵世運精神錦標的針形高塔。塔身全高三百英尺。於兩百英尺高處設一圓形旋轉餐廳，乘電梯上去費時僅四十七秒，卻毫無昇動的感覺，使人不得不佩服科學的奇妙。登臨此處一面吃喝，一面飽覽慕尼黑遠近四周的景色，當是一種享受。據說這個世運場地前身是一處機場，當初德國承接下主辦一九七二年世運時，苦無適當的大空地可供利用，後來有人建議將機場廢掉改世運場地時還曾起過一番爭執。但是現在看來建議改世運會場的還是有眼光。光是每日的觀光收入早就值回投資原價，而當年的選手村改爲國民住宅，西德政府不但沒賠而且有賺。

慕尼黑素有「啤酒之鄉」的雅號。每年九月中開始至十月的第一個星期一，連續有十多天稱爲啤酒節的狂歡。我們這次去慕尼黑就正趕上這麼每年一次的盛會。各地的觀光客如潮湧般的趕去，使得全市旅館家家客滿。啤酒節最熱鬧的地方是在市內一處大廣場上。入夜之後廣場上照耀得如同白晝，到處都擠得水洩不通。各種遊樂設備，各種雜耍，各種紀念品攤位，各種吃食，都大發利市。人頭最多的地方要算那棟可容納幾千人的大會堂。那裏面並沒有什麼特別裝飾，只在中央有一座高高的舞臺，穿著傳統服裝的樂隊和自願上臺演唱的歌手在不停的演唱德國民歌。四周全是一行行的粗木大條桌，寬板凳。男男女女老老少少，都排排坐的擠在一起，一面端著大玻璃杯狂飲啤酒，一面應和著歌手的歌聲齊唱，隨著節奏擺動身軀。那種幾千人合唱的旋律，幾千人如醉如癡的歡樂氣氛，連我這個來自東方多傷口的中國人也爲之溶化，不由已的也歡愉起來。據德國友人說，這座容納幾千人的木造大廳已建造有百年歷史，平常都是大門深鎖，只有到啤酒節期才開放使用，我問他這個節的起源爲何，他也說不上來，只說可能是來自宗教。全國各地都有此一節期，但惟有慕尼黑是忘形的狂歡。德國南部毗連音樂之邦奧地利。從慕尼黑去開車很快就可到達邊境。很可惜沒有時間去探訪那裏的維也納森林。不過我倒想起四十年前一位曾在中國住過的羅娜女士在其所著《旅德見聞》一書中的一段文字。她說：「我們從慕尼黑到奧國，一跨過國境，馬路便高低不平，房屋更殘破無色，人們毫不關心，好像不住在德國便心滿意足。原來奧國人抱著及時行樂的主義，他們覺得『夜』已籠罩德國，而奧國的『太陽』也快要落水。」四十年前德國正受希魔的統治，兇焰威脅鄰國。而今的德國除了部份國土仍受另一型態的夜籠罩著外，自由的西德已在廢墟中復甦壯大，成爲世界上少數幾個經濟大國之一。現在他們才眞正是在享樂，享受民主自由之樂。這個在近代史上永遠沒有寂寞過的國家，而今是一隻安靜的巨獸，誰能預卜他未來的動靜？

島嶼城市

阿姆斯特丹是西北歐小王國荷蘭的首都。這是一個非常美麗而又特殊的大都市。從飛機上鳥瞰下去，整個阿姆斯特丹城就像由一大羣小島組成，中間隔著狹窄的水道，水道間由很多的橋相溝通。原來阿姆斯特丹的「丹」卽是堤的意思，整個城是由築堤塡海取得的土地。那些水道卽是排水通航的運河。阿姆斯特丹市內有四條大運河成半圓形環繞，再以很多小運河與大運河相接，所以從空中往下看煞像無數相聚的島嶼。

去年十月我在歐洲遊歷過西德和瑞士之後，接著便拜訪這個陌生卻又早已聞名的島嶼都市。從瑞士的蘇黎世飛阿姆斯特丹爲時僅一小時又廿五分。飛機由於必須橫跨德國境內的許多高山，所以氣流一直不太穩定，常有顚簸。但是荷航的空中小姐卻仍穿梭不停的端飲料，送點心，顯得活力無窮。根據神話上的說法，荷蘭美女可以把一個莽漢馴服得成一頭聽話的羔羊，看看這些美貌而又能幹的荷航空姐，證實此說並非子虛。

十月初的荷蘭本來應該是雨季，但是我們出得阿姆斯特丹機場卻是一個朗朗的大晴天，而且以後我們在荷蘭的三天時間，也都仍是陽光普照。荷蘭朋友一直說這是我們帶來的好運。在通往市區的馬路上，遠望一片平疇，近處則新式的高樓聳立，各種車輛往來不絕，一幅走進大都市前慣有的忙碌景象。最令人感到新鮮的是，馬路兩旁都特別劃得有腳踏車專用車道，不時有年青人騎著單車風馳電閃而過。原來荷蘭也像我們一樣盛行騎腳踏車，是歐洲地區擁有腳踏車最多的國家。

僵化的風車

走進阿姆斯特丹的市區，一種不同的景象便出現眼前，你會再也看不到代表最新現代都市特色的摩天大樓，和火柴盒般線條灰暗單調的住屋。他們把這些都止步在剛剛我們經過的郊區。在這裏所有的建築均保持著幾世紀前的古老特色，一幢幢典型的荷蘭高高瘦瘦的四五層建築充斥在市區每一角落。這些房屋尖頂上都蓋著紅瓦，迎面每一層都是一排兩至三扇大窗戶。最少不了的是頂上總會冒出一至兩座小閣樓的窗戶，讓人暇思那裏面會有一位身著圍裙、風兜的荷蘭少女正倚窗尋思。

這些房屋的另一個特色是在每一棟房子迎面的最高處正中，一定會伸出一隻大鐵鈎，而且房子都有點往前傾倒的模樣，我們初看簡直就不懂那隻鐵鈎的作用是什麼。至於房子往前傾還以爲是因爲植樁塡海的地基不穩，年久陸沉所使然，後來經荷蘭朋友的解釋，才知道那隻大鐵鈎是拿來吊東西用的。因爲這些房屋屋面都很窄，樓梯間也很狹小，大型的傢具無法從室內往上運，所以只有在屋外裝設鐵鈎往上吊東西，從窗口搬進去。房屋前傾也是爲了吊東西方便，不會碰撞到牆壁，是特別設計成這個模樣。就我們這些遠來的觀光客而言，這種古老的傳統特色，才眞是我們最感興趣也認爲最値一看的東西。從我們觀光過的西德、瑞士，以及後來所到的法國幾個都市看來，除了少數新興都市外，歐洲人似乎都有這種儘量保存古老傳統面貌的習慣。一方面這也可以看出他們是多麼珍惜他們的固有文化，而就觀光價値言，這也就是吸引人的地方。

阿姆斯特丹有很多令人留戀不捨的好去處。像博物館、大教堂、皇宮、海洋兵工廠、市政廳等處都是經常充滿了遊客，我們也都一一走馬看花似的匆忙拜訪。博物館中最大的爲里克斯博物館，這裏面收藏得有荷蘭很多名畫家的傳世傑作；像十七世紀荷蘭最有名的風景畫家盧斯塔爾的成名作「風車」，從前在很多名畫集裏看過，現在總算看到了眞蹟。世界公認最偉大的人物畫家雷姆卜蘭特的名作「守夜者」，寫廿九個守衞兵士穿著引人注目的服裝離開兵營的情形，一個個均栩栩如生。這座博物館還有許多亞洲的藝術品和精美的彫刻，使人想起荷蘭人早年在亞洲殖民時的風光。據歷史的記載，十七世紀時荷蘭人在東西印度羣島的殖民地總面積比他們自己的國土大五十七倍。

荷蘭另一馳名世界的大畫家梵高，荷蘭人把他視爲國寶樣的尊奉。阿姆斯特丹專有一座梵高博物館，裏面收藏得有他大部份的作品和紀念物。除此以外，阿市還有一座市立博物館，這裏面則以收藏現代藝術作品爲主，遊客可以看到很多奇奇怪怪別創新意的抽象畫和彫塑。除了以上藝術品收藏的博物館外，還有一座很大的熱帶博物館，當然內容也多取自亞洲，裏面收藏得有很豐富的人類學研究資料和初民們的藝術品。

荷蘭人約有五分之二信奉天主教，其餘信奉克爾文派新教；所以阿姆斯特丹市內有著不少非常古老且極爲雄偉的教堂。雖然如此，但荷蘭人仍一直遵循著宗教信仰自由的國策，世界上許多受宗教迫害的團體都會到荷蘭去尋求庇護。阿姆斯特丹在戰前就住得有非常多的猶太人，以寫《少女日記》一書馳名的猶太少女安妮・佛蘭克就住在阿市的普萊森格蘭傑提街第二百六十三號的一處隱秘閣樓裏；在那裏她以最感人的書信體日記記錄下了她們全家躲避納粹德人搜捕的艱辛，現在這棟房子也是觀光客必到之處，不過已經改爲國際青年活動中心，似乎有意讓來自各國的年輕人滋生警惕，不要再蹈歷史的覆轍。

行走在阿姆斯特丹的街道上，我們發現這個異國的濱海都市，竟有著非常多的中國餐館，走不多遠便有一家什麼酒樓，再轉至另一街口又會看到某某飯店。後來我們至一家中國餐館吃飯時一打聽，原來光是阿姆斯特丹市就有中國餐館三百多家，簡直使我們吃了一驚。據這家餐館的年輕老闆告訴我們，這裏中國人開的餐館雖然多，但大家的生意都還不惡，因爲荷蘭人都愛吃中國菜。他還說當地雖說已與中共建交，並有中共使館，但華僑絕大多數都反共，每年都組團回臺灣參加國家慶典，他自己就常回臺灣探親。關於荷蘭人愛吃中國菜，後來我求證於荷蘭朋友，他說確實是如此。因爲中國菜不但好吃，而且要比荷蘭伙食便宜，所以他們每星期必上一次中國館子。我還說荷蘭人愛吃中國菜可能還是因爲荷蘭與亞洲淵源太深的關係。荷蘭的探險家不是早在一六〇〇年左右就在尋找通往中國的航路麼？那位荷蘭朋友只好點頭稱是。不過他也奇怪我對荷蘭的歷史竟這麼熟悉。

荷蘭以風車聞名於世，任何人來到荷蘭沒有不想先看看風車。我們一走進阿姆斯特丹市區不待我們用眼睛去搜索，遠遠的便看到一架幾層樓高的風車小屋，張著四片巨大的車翼在向人們招引。當然這架風車卽使再大的風也不會轉動了；而事實上荷蘭全境的風車也早已完全只是一種裝飾，不再利用它來抽水。因爲自動力機械發明後，抽水機的效用不知要比風車高出多少倍，風車自然會被淘汰。由於風車使我想起西班牙大文學家賽萬提斯筆下的唐・吉訶德，他曾經把那座舞動巨翼的風車，看成一個揮動長臂的巨人，催著瘦馬，舞著長槍要向巨人挑戰，結果被風車挑起，跌下馬來受傷。現在風車不能動了，亦如巨人的長臂已經僵化，不知有誰還會有興趣去向一個失去威風的巨人挑戰？

在荷蘭，不論是在家庭裏，商店中，或辦公室，甚至工廠裏的裝配線旁，到處都可以見到美麗的鮮花，阿姆斯特丹更有「歐洲鮮花之都」的美名。幾乎每一個街口都有賣花的攤子，更有一處鮮花市場。這個市場是在一處街邊上，數不清的奇花異卉均在這裏陳列，來自世界各地的觀光客更是川流不息。路旁並有咖啡座供人休憩觀賞。花卉中以鬱金香爲最多。據花販告訴我們荷蘭栽種得有兩千種以上的各色鬱金香，最名貴的一種甚至比一顆有名目的鑽石還要昂貴；所以荷蘭人把鬱金香作爲他們的國花。他還說鬱金香事實上是從我們亞洲傳到荷蘭的，時間大概是在十六世紀左右。至十七世紀時鬱金香的種植竟成了一項大企業，外銷歐洲諸國，甚至有股票上市。有一陣子炒鬱金香股票的投機者甚至威脅到荷蘭的經濟，不得不由政府出面干涉。眞想不到一種鮮花會製造出這麼多傳奇來。花販還勸我們最好到鮮花產地的海牙和離阿姆斯特丹不遠的哈侖，去看看那一畦畦五顏六色鮮花田所鑲成的壯觀景色。可惜我們的行程有限，雖心嚮往也無法如願。

三五七橋明月夜

阿姆斯特丹既然是一個運河交錯的都市，觀光客到了這裏就沒有不去遊一趟運河。因爲阿市的交通也很擁擠，靠兩腳去走根本走不完，靠坐車去逛又費時，何況坐在遊艇上一路悠閒的觀賞兩岸風景，並有導遊解說，該是何等的一種享受。因之阿姆斯特丹做河上生意也特別多，各種遊艇在運河上穿梭不絕。靠近幾家大旅館的運河邊，更有遊艇碼頭隨時供遊客上下。旅館的櫃臺上更有乘遊艇觀光的小册子供你取閱，那上面有價錢、時間以及觀光的節目。同時用英法德荷四種文字印成；如果有意，只要關照一下旅館的腳伕，他就會替你安排。

白天乘遊艇遊阿姆斯特丹自是一種享受，而夜晚泛舟運河上欣賞燈下的阿姆斯特丹更是一種過癮。我們因爲白天的時間都被其他節目佔去，有幸夜遊了一次阿姆斯特丹。這種夜遊荷蘭人美其名爲「燭光下夜遊魅人的古阿姆斯特丹」。可以乘坐約卅餘人的玻璃頂蓋的遊艇上，每四人相對佔一小桌。桌上燃著蠟燭，擺著酒類和果汁，還有一盤荷蘭特產乾酪丁。遊艇緩緩行走在運河中，女嚮導不停的介紹運河兩岸的風景。這時兩岸房屋的燈光映在河水中所生的倒影上確實有一份難以言宣的神秘美。運河上據說有三百五十七座橋，而各橋有各橋的設計特色。有的橋兩邊各有一隻高高的起重架，可以把橋中間的搭板昇起，俾便大船通過。有些是拱橋，有些則是平板橋。有座橋的兩頭橋磴中間是空的，早年曾拿來作監牢用，至今鐵柵門依舊，有扇柵門後面還放了一個假囚犯在向外伸手，當然這是觀光的花招。有條運河兩岸據說當年全是富豪聚居之地，所以房屋比較豪華，故取名紳士運河，但對我們看來也並無太多特別之感。仍是五層樓高的建築，只是屋面寬得多。眞正讓我們感興趣而又羨慕的，還是河面兩旁所泊的水上人家。那些用平底船做成的純住屋，都設計得很精巧，每處空間都充分利用。遊艇過去我們可以從窗外看到裏面的安靜和恬適。

遊艇還開至阿姆斯特丹港內去參觀了一下荷蘭的幾座大船塢，那裏面正有幾十萬噸的大船在修造。遊艇再回頭進入另一條運河，在中途突然停靠在一處碼頭邊，嚮導要帶領我們登岸到一家古老的小酒店去品嚐道地的荷蘭酒。這個節目是包括在卅個基爾德（荷蘭幣）的船票以內的，不用我們再花錢。小酒店是在一棟古老建築的地下室。我們從門前小木梯欠身下去，裏面不到五坪大的空間已經有一些年輕的大學生在裏面笑鬧。我們下去每人分配到一杯白酒。酒的味道淡淡的，對我這個不善飲的人而言，感覺不到什麼特殊之處。倒是那麼小的空間一下子擠進了中國人、英國人、德國人、荷蘭人，大家舉杯互相敬酒，縱情的笑鬧交談，一時之間，人與人之間的距離好像縮短不少。據嚮導說地下酒店的後面有一小門可通運河斜對岸一座大教堂的地下室，當年宗教戰爭時，很多人曾從這條隧道逃生。她打開門讓我們去看，果然在後面的牆壁上有一大片用磚塞起的地方，證實她沒有說謊。荷蘭確實曾經有過宗教戰爭，那是在十六世紀的時候，而且打了很多年。

在小酒店中酒盡杯乾之後，嚮導又帶領我們上船繼續前行。在她如簧巧舌之下，每一條運河，岸旁的每一棟建築，似乎都有一段生動的過去，直到整整耗完兩個小時，我們才回旅館附近的碼頭。結束了一段印象非常深刻的阿姆斯特丹之旅。

三民叢刊書目

①邁向已開發國家　孫　震著
②經濟發展啓示錄　于宗先著
③中國文學講話　王更生著
④紅樓夢新解　潘重規著
⑤紅樓夢新辨　潘重規著
⑥自由與權威　周陽山著
⑦勇往直前　石永貴著
・傳播經營札記
⑧細微的一炷香　劉紹銘著
⑨文與情　琦　君著
⑩在我們的時代　周志文著
⑪中央社的故事(上)　周培敬著
・民國二十一年至六十一年
⑫中央社的故事(下)　周培敬著
・民國二十一年至六十一年
⑬梭羅與中國　陳長房著
⑭時代邊緣之聲　龔鵬程著
⑮紅學六十年　潘重規著
⑯解咒與立法　勞思光著
⑰對不起，借過一下　水　晶著
⑱解體分裂的年代　楊　渡著
⑲德國在那裏？(政治、經濟)　郭恆鈺、許琳菲等著
・聯邦德國四十年
⑳德國在那裏？(文化、統一)　郭恆鈺、許琳菲等著
・聯邦德國四十年
㉑浮生九四　蘇雪林著
・雪林回憶錄
㉒海天集　莊信正著
㉓日本式心靈　李永熾著
・文化與社會散論

㉔臺灣文學風貌　李瑞騰著
㉕干儛集　黃翰荻著
㉖作家與作品　謝冰瑩著
㉗冰瑩書信　謝冰瑩著
㉘冰瑩遊記　謝冰瑩著
㉙冰瑩憶往　謝冰瑩著
㉚冰瑩懷舊　謝冰瑩著
㉛與世界文壇對話　鄭樹森著
㉜捉狂下的興嘆　南方朔著
㉝猶記風吹水上鱗
・錢穆與現代中國學術　余英時著
㉞形象與言語
・西方現代藝術評論文集　李明明著
㉟紅學論集　潘重規著
㊱憂鬱與狂熱　孫瑋芒著
㊲黃昏過客　沙究著
㊳帶詩蹺課去　徐望雲著
㊴走出銅像國　龔鵬程著
㊵伴我半世紀的那把琴　鄧昌國著
㊶深層思考與思考深層　劉必榮著
㊷瞬間
・轉型期國際政治的觀察　周志文著
㊸兩岸迷宮遊戲　楊渡著
㊹德國問題與歐洲秩序　彭滂沱著
㊺文學關懷　李瑞騰著
㊻未能忘情　劉紹銘著
㊼發展路上艱難多　孫震著
㊽胡適叢論　周質平著
㊾水與水神
・中國的民俗與人文　王孝廉著
㊿由英雄的人到人的泯滅
・法國當代文學論集　金恆杰著
51重商主義的窘境　賴建誠著
52中國文化與現代變遷　余英時著

⑤③橡溪雜拾

思果 著

本書爲作者近年來旅美讀書心得、生活觀感。作者人生經歷豐富，觀察入微，涉筆成趣，說理深入淺出。觀世的文章，卻沒有說教的味道，詼諧之文寫來沒有做作的痕跡。有美麗如詩的短文，也有談論科學知識的篇章。適合各階層讀者加以細讀品味。

⑤④統一後的德國

郭恆鈺 著

兩德統一不是西德用馬克吃掉東德，也不是聯邦德國版圖的擴大，而是兩個政經體制完全不同的國家及人民的重新整合。本書從這個角度出發，介紹統一後的德國在經濟、政治、法制、教育以及意識型態等多方面所遭遇到的諸多問題。

⑤⑤愛廬談文學

黃永武 著

本書以中國文學詩歌爲主體，爲維護中國文字的正體字而大聲疾呼；爲光揚中國古典詩在現今美學中的價值而細心闡發；對於敦煌新發現的寫卷資料，也用淺顯筆法作應用的示範；對西洋星座起源的追索以及對「圖象批評」的分析，均極具啓發作用。

⑤⑥南十字星座

呂大明 著

人生是一段奔馳的旅程，生命的列車載著你、我向四野茫茫的時空飛奔……當你在生旅中奔馳，請爲這本小書逗留片刻，書中有人間至情、生活的哲思、美的闡釋、文學盤古的足音，有清純如童謠般的吟唱，也有鐫心的異鄉情懷……

㊿⁷ 重疊的足跡

韓秀 著

因爲一份眞摯的愛，對文學，對那塊廣袤的土地，對那些親如手足的人；所以有了理解，有了同情，有了尊敬；那怕是擦身而過，也會留下痕跡，留下感觸。本書作者以親身經驗寫她和十多位作家的交往，爲當代中國文學史添加幾頁註脚。

㊿⁸ 書鄉長短調

黃碧端 著

本書內容包括文學隨筆、新書短評、域外書介三部分。作者藉由理性的角度、感性的筆調，評論了近幾年來出版的一些小說，兼論及文學界的一些人與事，並對中文西譯的困難展現出相當程度的關懷。

㊿⁹ 愛情・仇恨・政治

・漢姆雷特專論及其他

朱立民 著

本書論及四部莎士比亞悲劇裏的各類問題：如朱麗葉的父親對悲劇發生的責任、奧賽羅黑皮膚的反諷、漢姆雷特內心的衝突、勞倫斯奧立弗如何改編莎劇及柴弗瑞里如何處理漢姆雷特的戀母情結等等。

⑥⁰ 蝴蝶球傳奇

・真實與虛構

顏匯增 著

本書所力圖企及的絕非所謂的「魔幻寫實主義」，而是企圖尋找一個眞正屬於「紙上文字世界」的經驗。作者認爲唯有從紙上經驗「本身」獲得眞實的感受，才能在諸般迥異於文字世界的世界中，洞見出眞正活生生的東西……

⑥1 文化啓示錄

南方朔 著

目前的臺灣正在走向加速的變革中，相應的是一切變革之後的「文化」改變卻明顯的落後太多。「文化」與現實的落差是作者近年鍥而不舍於「文化」問題的原因，本書則是提供讀者一個思考的空間。

⑥2 日本這個國家

章 陸 著

本書從東、西方及過去、現在、未來等衝擊與演變，綜看日本的萬象。作者以旅日多年的見聞，根據今昔史實，敍述日本的風土習俗、文化源流、天皇制度、政壇人物、社會現象等等，並比較其互爲因果，以期能向國人提供認識日本的一些參考資料。

⑥3 在沉寂與鼎沸之間

黃碧端 著

本書是作者對當今時事的分析評論集，篇篇都有獨到的見解，觀察入微、議論平實。除了能啓發讀者另一層思考外，亦展現出高度的感性關懷。在紛擾鼎沸的世局中，是一股永不沉寂的清流，值得關心國事的人，同來思考與反省。

⑥4 民主與兩岸動向

余英時 著

一九八七—九一是海峽兩岸局勢動盪最劇烈的時期，在此關鍵時刻，本書作者以一個「學歷史的人」的觀點，對中國的民主發展及兩岸動向提出一些見解，期望此見解能產生「見往知今」的效用，同時也期待處於此歷史轉折點上的中國人一起省思。

⑥⑤靈魂的按摩

劉紹銘　著

本書作者長年旅居海外，以宏觀的視野、幽默風趣的筆調，對當代中國文學及世界文化現象，加以詮釋及評析。希望讀者藉著本書的「按摩」，不僅能達到滌清思緒，舒筋活骨之效；更能對這個既熟悉又陌生的世界，有著嶄新的認知及體驗。

⑥⑥迎向衆聲
·八〇年代臺灣文化情境觀察

向陽　著

本書是作者在八〇年代期間，面對風起雲湧之臺灣文化現象所作的觀察報告。向陽以其詩人之心、論者之眼，透過對文學、藝術、民俗、語言、史料整理及相關著作的解讀與評析，試圖建構一個「文化臺灣」圖式，彰顯八〇年代臺灣文化的形貌。

⑥⑦蛻變中的臺灣經濟

于宗先　著

由於兩岸解凍、經濟自由化、臺幣升值、金融狂飆等問題的激盪，引發了社會失序、政府無力、人民迷惘的混沌現象。身爲此大變局中的一員，本書作者表達了一個知識分子的感受和建言，期待能爲這個蛻變的時期留下記錄，並提供解決的途徑。

⑥⑧從現代到當代

鄭樹森　著

五四運動帶給中國現代文學的影響是巨大而深遠的。作者以此爲出發點，運用他專業的學識及文化素養，對現今兩岸三地的中國文學和作家，作了深刻的研究和評論，並旁及與西方文學的比較，是一本內容豐富的文化評論集。

⑲嚴肅的遊戲

・當代文藝訪談錄

楊錦郁　著

本書共分文學心靈、文學經驗、文學夫妻、電影之美四部分，訪問了白先勇、洛夫、葉維廉等當代著名文學家，暢談創作的心路歷程，是作者從事報導文學多年累積而成的文字結晶，值得您細細品味。

⑳甜鹹酸梅

向明　著

本書是作者在人海中浮沉時所領略體會出的諸般心得和感想：有人間世事的紛擾和關懷，有親情友情的回味和依戀，更有旅途遠行的記憶和心得，反映出生逢亂世一個平凡人的甜鹹酸苦，文字簡鍊流暢，是作者詩筆以外的另一種筆力。

國立中央圖書館出版品預行編目資料

甜鹹酸梅／向明著.--初版.--台北市
三民，民83
面； 公分.--(三民叢刊;70)
ISBN 957-14-2056-5 (平裝)

855 82010102

© 甜 鹹 酸 梅

著　者　向　明
發行人　劉振强
著作財產權人　三民書局股份有限公司
印刷所　三民書局股份有限公司
[illegible]六號五樓
[illegible]六十一號
[illegible]五號
初　版　中華民國八十三年一月
編　號　S 85250
基本定價　叁元伍角陸分
行政院新聞局登記證局版臺業字第○二○○號

ISBN 957-14-2056-5 (平裝)